꽃을 끌고

꽃을 끌고

강은교 시·산문

열림원

시를 읽는다는 것은
누군가의 비밀에
나의 비밀을 기대게 하는 일입니다.

—「붉은 저녁 너의 무덤가」 중에서

한 편의 시와, 그 시에 관련 있으면서도 관련 없는, 때로는 나의 '시적 외침'의 산문들로 이루어진 이 책을 쓰느라 나는 지난 시절의 나의 시들은 물론 나의 시산문집, 에세이집들을 통독하였다. 그리고 끊임없이 질문하였다. '시란 무엇일까'라는,

50년 전부터 해 온, 끝도 없는 질문을. 지금은 더러 잊기도 하고 더 생생해지기도 한 내 시의 퍼즐 조각 같은 언어들……. 하지만 나는 지금 그리 변하지 않았다는 느낌을 받는다. 나의 어느 시의 한 구절에서처럼 '나는 한발짝도 나아가지 못했다'라고나 할는지……. 하지만 이를 긍정적으로 말하자면 그래도 나는 늘 나만의 '시의 선線' 위에서 나아가려고 하였구나, 진화하려고 하였구나, 라고 할 수는 있지 않을까.

아무튼 나는 이 산문이 있는 시집을 통하여 내 '시와 산문이 함께 있는 삶' 전부를 정리하고 싶다. 내 삶의 순간들이란 퍼즐 조각들, 나의 시가 이런 '순간의 퍼즐 조각들' 위에 있음은 갈수록 분명해지고 있으니. 시도 나도 잊어버린 많은 퍼즐 조각들, 그러다 보니, 한 편의 시와 그 뒷자리에 앉은 산문이 보다 깊은 진정성을 획득하려면 한 편의 시가 쓰인 그 시절의 산문을 토대로 하는 것이 가장 좋은 길임을 깨달았다. 나의 시와

6

산문은 둘이 함께 나의 삶이라는 '판'을 걸어왔기 때문이다. 그리고 그렇기에 이 책을 읽는 이들은 아무 페이지나 열어서 시만을 읽을 수도, 산문만을 읽을 수도, 둘을 다 함께 읽을 수도 있을 것이다.

특히 이 책의 제목이 된 「꽃을 끌고」는 창틀에 장미꽃잎 한 장이 떨어져 나를 빤히 쳐다보던 어느 날의 시이다. 순간 나는 장미의 피가 나에게 건너와 흐르는 것을 경험하였다.

구름무늬의 이불보 같은 퍼즐 조각 이불을, 오늘, 내 시에 덮게 해 주신 민병일 선생의 꿈에게 감사를 드린다. 언젠가 나는 나의 동무, 자줏빛 낡은 볼펜 위에 쓰러져 누우리라. 그리고 또 달리기 시작하리라.

2022년 8월

낡은 자줏빛 볼펜으로 '범어남지'의 작은 방에서 쓰다

강은교

※ 참고로 이 책에 실린 시 한 편 한 편마다 자리한 산문들이 대체로 토대로 삼은 나의 산문집들을 소개한다.
『추억제』(민음사 1975), 『그물사이로』(지식산업사, 1975), 『잠들면서 참으로 잠들지 못하면서』(한양출판사, 1993), 『젊은 시인에게 보내는 편지』(문학동네, 2004), 『무명시인에게 보내는 편지』(큰나, 2009), 『그 푸른 추억 위에 서다』(솔과학, 2021), 「범어에서 보내는 편지 I」(문학계간지 '싸이펀' 연재 2016~2020, 미출간)

차
례

4부_ 아직도 못 가 본 곳이 있다

5부_ 그리운 것은 멀리 있네

1부

어느 황혼을 위하여

빈자일기

— 삯전 받는 손들을 위한 노래

모든 존재는 홀로 사라질 수 없다.
함께 연락함으로써 비로소 존재는 이루어지고,
드디어 깊이 사라진다.

수그려라 수그려라 소리가 온다
엎드려라 엎드려라 소리가 온다
네 손을 허공에 내밀어라 내밀어라

황혼이었다. 구정물 천지 아직 빛 천지 강물 위에서
젖은 발 바람결에 씻으며 거품 위에서 우리 두려워 집으
로 돌아가지 못하고 있었을 때.

손톱들은 조금씩 바람 따라 갔다. 수줍어 눈물 폭 오
므리고, 때론 떨어져 낙엽처럼 강가에 구르기도 했지만,
운수 좋은 놈 모래 속에 쿡 박혀 버렸지만, 그럼 기뻐 그
놈 다신 안 흘렸지만,

수그려라 수그려라 네 고개 깊이
소리가 온다
엎드려라 엎드려라 강물 위에
소리가 온다
빈손 허공에 내밀어라 내밀어라

황혼이었다. 우리 힘껏 엎드려 사슬고리 목덜미에 더욱 반가워 아 당신 우리들의 평화, 우리들의 밤꿈, 주인이시여 주인이시여, 자랑껏 외치고 있었을 때.

밤은 오지 않고, 바다는 자꾸 달아나 노 저어도 손 퉁퉁 부어도 우린 버러지, 삯전 받는 강물 위 목 없는 버러지, 손 내밀면 몇 닢 헌 거품들이, 눈 씻고 씻어도 다시 거품.

황혼, 구정물 천지 아직 빛 천지, 소리가 오고 빈손들 손들 물결 위에 단풍잎처럼 나부끼고 아, 수그려라, 네 허리 거품 깊이, 엎드려라 흐르는 대지에, 다만 공손히.

서른 무렵, 모든 지나간 환상과 추억과 현재를 뒤섞으면서 아침, 나는 나의 일터에 도착하곤 했다. 거기엔 수많은 신기루가 있었다. 정당한 것은 신기루뿐이었다. 모든······ 달려야 하는 것들, 상승해야 하는 것들······ 구두 뒤에서, 상처 많은 버스 뒤에서, 구름들 뒤에서 신기루들은 빛나는 외투를 입고 있었고 금테 안경을 쓰고 있었다.

그것은 모든 무의미에 의미의 기호를 붙였다. 절망을 희망으로 둔갑시켰다. 생선 장수에게는 생선 장수의 신기루를, 구두장이에게는 구두장이의 신기루를, 어른에게는 어른의 신기루를, 아이에게는 아이의 신기루를, 권력자에게는 권력자의 신기루를, 백성에게는 백성의 신기루를, 선생에게는 선생의 신기루를, 아비에게는 아비의 신기루를, 어미에

16

게는 어미의 신기루를, 복권 파는 이에게는 복권 파는 이의 신기루를, 보잘것없는 시인에게는 보잘것없는 시인의 신기루를…… 녹슨 자에게는 녹슨 자의 신기루를, 병든 자에게는 병든 자의 신기루를…….

그러나 그것들이야말로 얼마나 어리석은 환상에 불과한 것이었는가. 도착하는 순간 그것들은 아지랑이처럼 사라져 더 먼 곳에 도사리게 되는 것이었다.

신기루야말로 삶이 우리에게 준 미끼인지도 모른다. 한번 물리면 어디까지라도 따라나서지 않으면 안 되는 미끼…… 그러나 눈부신 미끼, '최후의 유혹'인 희망이란 옷을 눈부시게 펄럭이는.

사랑법

떠나고 싶은 자
떠나게 하고
잠들고 싶은 자
잠들게 하고
그러고도 남는 시간은
침묵할 것.

또는 꽃에 대하여
또는 하늘에 대하여
또는 무덤에 대하여

서둘지 말 것
침묵할 것.

그대 살 속의
오래전에 굳은 날개와
흐르지 않는 강물과
누워 있는 누워 있는 구름,
결코 잠 깨지 않는 별을

쉽게 꿈꾸지 말고
쉽게 흐르지 말고

쉽게 꽃피지 말고
그러므로

실눈으로 볼 것
떠나고 싶은 자
홀로 떠나는 모습을
잠들고 싶은 자
홀로 잠드는 모습을

가장 큰 하늘은 언제나
그대 등 뒤에 있다.

우리의 이 만남을 어떻게 설명할 수 있을까를 나는 가끔
고통스럽게 떠올릴 때가 있다. 이 모든 무지의 만남, 망각
속의 만남들을 어떻게 저녁 하늘처럼 따뜻이 포옹하며 우리
의 삶을 타인의 삶에 접속할 수 있을는지, 모르고 있는 순간
에, 혹은 떠나고 있는 순간에 실은 만나고 있는 이들을 영원
히 잊지 않으며 사랑할 수 있을는지…….

아무튼 사랑한다는 것은 제 몸의 힘을 전부 빼는 일이다. 그리하여 아주아주 가벼워져서, 자기를 사랑에게 놓아버리고, 그런 다음 깊이깊이 받아들이는 일이다. 어떤 보상도 기다림 없이 자기를 던지는 일이다. 삶의 법이다.

애인은 아직 오지 않았다, 그러나 그는 끝없이 온다.

동백

만약
내가 네게로 가서
문 두드리면.

내 몸에 숨은
봉오리 전부로
흐느끼면.

또는 어느 날
꿈 끝에
네가 내게로 와서

마른 이 살을
비추고
활활 우리 피어나면.

끝나기 전에
아, 모두
잠이기 전에.

나타나는 순간 소멸하는 것, 현재인 순간에 과거이며 미래인 것, 꿈인 것, 희망 - 하나인 순간에 절망이며 다시 두울의 - 희망인 것, 영원이며 불멸인 것…… 그 외에도 무수한 반어들과 유사어들…… 그리고 추억.

빨래 너는 여자

햇빛이 '바리움'처럼 쏟아지는 한낮, 한 여자가 빨래를 널고 있다, 그 여자는 위험스레 지붕 끝을 걷고 있다, 러닝셔츠를 탁탁 털어 허공에 쓰윽 문대기도 한다, 여기서 보니 허공과 그 여자는 무척 가까워 보인다, 그 여자의 일생이 달려와 거기 담요 옆에 펄럭인다, 그 여자가 웃는다, 그 여자의 웃음이 허공을 건너 햇빛을 건너 빨래통에 담겨 있는 우리의 살에 스며든다, 어물거리는 바람, 어물거리는 구름들,

그 여자는 이제 아기 원피스를 넌다, 무용수처럼 발끝을 곧추세워 허공에 탁탁 털어 빨랫줄에 건다, 아기의 울음소리가 멀리서 들려온다, 그 여자의 무용은 끝났다, 그 여자는 뛰어간다, 구름을 들고,

나는 그녀를 보았다. 맨드라미빛 치마를 입고 허공을 걸어가는 그 여자를.

그 여자에게선 정오의 냄새가 났고, 그 냄새는 길 위에 서 있는 나에게도 풍겨 왔다.

나는 그 내음을 맡는다.

발레리나처럼 연립주택 옥상 빨랫줄 곁에서 출렁거리는 그 여자.

순간 그 여자는 무늬가 되었다. 하늘에 맨드라미빛 소리로 매달려 있는 그 여자. 하늘을 배경으로 마치 토시를 신은 발레리나처럼 연립주택 옥상을 걷는 그 여자.

우리는 모두 한때의 발레리나인가. 무대배경은 누추한, 어여쁜 삶의 모든 것.

가장 멀리, 그러므로 가장 가까이 펄럭이는 흩날림. 세상의 무늬가 되어 구름을 묶는 그 여자.

인류의 아기를 낳는 그 여자.

비리데기의 여행 노래
─ 1곡 · 폐허에서

게 누가 날 찾는가 날 찾이리 없건마는
어느 누가 날 찾는가
베려라 베리데기 던져라 던지데기
깊은 산중山中 퍼 버려라 퍼 버려라*

1곡 · 폐허廢墟에서

일어나자 일어나자
저 하늘은
네 무덤도 감추고
꽃밭에서는
사람 걷는 소리 들린다.
오늘 아침 바람은
어느 쪽에서 부는지
한 모랭이 두 모랭이
삼세 모랭이 지나가면
사람 걷는 소리는
산 쓰러지는 울음으로 변하고
누워 있는 땅은 조금씩
아, 조금씩 흔들리는데
몸 덥힐 햇빛도 없는 곳에서
길은 한 켠으로 넘어진다.

그리고 밤이 오면

저 무서운 꽃밭에서 들리는

누구 머리칼 젖히는 소리

옷고름이 탁 하고

저고리에서 떨어지는 소리

새벽에도 그치지 않고

잠 속에서는 더 크게 크게

그렇구나, 나는 어느새

몹쓸 곳에 누워 있다.

달빛도 멀리 지나가 버리는

무덤 위에서

가끔 반딧불 하나가

드러누운 빈 길로 달려 나간다.

모래 이불을 펴고

오늘 밤도 돼지꿈이나 기다릴까.

산이 바다로

다시 산으로 설마

변하지는 않겠지만

한 마리의 배고픈 돼지는

만날 수 있으리라.

열두 모랭이 눈 감고 기어가면

어디서 울고 있는 신령님이라도

만나지 않으리

꽃밭에서 아직

걷는 사람이여

어디에 누울까 누울까 말고

가벼이 떨어지는 옷고름 위에

하늘과 함께 나의 뼈를 뉘여다오.

가만히 소리나지 않게

발자국도 없이 일 세기世紀를.

* 黃泉舞歌 中「비리데기」의 一節

내 시는 기도와 이미지의 중간에 빨래처럼 걸려 출렁인다.

나의 시선에 걸려 온 그 무엇에게의 기도와 이미지, 그 속에서 내 시의 인물들은 태어났다. 비리데기(바리), 최근의 운조, 당고마기(당금애기)고모.

나와 비리데기, 또는 운조와 당고마기고모는 하나의 풍경 속으로 들어간다. 이 풍경이 무엇을 의미하는지, 알 수도 없이, 알려고도 않으며. 그리고 천천히 풍경에 흡수되어 간다.

이건 사건이 아니다. 상황이다. 이미지이다. 나의 기도, 기도문은 이미지 속에서 상황을 만들어, 사건을 상황 속에 감춘다.

······그런데 나는 오늘 또 무엇을 보았는가. 무엇을 더 이해하였으며 무엇을 더 이해하리라고 짐작할 수 있는가, 그것들을 나의 상황–이미지 속에 감출 수 있는가. 이 수 세기世紀 위에서, 밤이면 반딧불이 떠돌며 달리는, 피고 피는, 만리 길 꽃밭 위에서.

우리가 물이 되어

우리가 물이 되어 만난다면
가문 어느 집에선들 좋아하지 않으랴.
우리가 키 큰 나무와 함께 서서
우르르 우르르 비 오는 소리로 흐른다면.

흐르고 흘러서 저물녘엔
저 혼자 깊어지는 강물에 누워
죽은 나무뿌리를 적시기도 한다면.
아아, 아직 처녀인
부끄러운 바다에 닿는다면.

그러나 지금 우리는
불로 만나려 한다.
벌써 숯이 된 뼈 하나가
세상에 불타는 것들을 쓰다듬고 있나니

만리 밖에서 기다리는 그대여
저 불 지난 뒤에
흐르는 물로 만나자.
푸시시 푸시시 불 꺼지는 소리로 말하면서
올 때는 인적 그친
넓고 깨끗한 하늘로 오라.

새날이여, 이제 우리를 지난해의 무덤에 덮인 수많은 거짓과 거짓의 말들로부터 떠나게 하시고, 매일 밤의 허약한 꿈과도 이별하게 하십시오.

조금씩 더 깊이 썩게 하시고, 그러나 썩음으로써 제 정신을 아주 잃게 할 것이 아니라, 제 정신의 싸움의 본령을 재빨리 깨달아 알게 하시고, 운명의 때를 기다리는 인내를 주시고 그리하여 언제나 썩음의 즐거움, 시듦의 위대함에 경배하게 하십시오.

시간에 강한 자가 되게 하시고 길고 긴 복도에 끝없이 울리는 바흐의, 제목도 없는, 사랑의 노래처럼 시간에 끌려가는 자가 아니라 시간을 끌고 가는 자가 되게 하십시오.

조금씩 더 어리석어지게 하시고, 어리석음으로써 최후의 어리석음을 극복하게 하시고, 어리석음이 이 시대에선 오히려 칭찬받게 하십시오.

이 수많은 거짓말 속에서 단 하나의 참말이 있다면 그건 바보라는 말임을 믿게 하십시오.

아침엔 장님이, 대낮엔 귀머거리가, 저녁엔 절름발이가 됨으로써 스스로 자기의 허약함을 깨닫게 하십시오.

어울리지 않는 날개를 달고 자기를 잃어버린 시대에서 헤매는 인간들.

원컨대 우리에게서 이 미혹의 날개를 떼어 주시고, 자기에게로 돌아가게 하여 주십시오.

돌아간다는 일이 한 모금의 따스한 물처럼 사랑스럽게, 가볍게 하여 주십시오.

어디엔가 있을 우리 본디의 자리를 찾아 우리를 늘 시험하게 하십시오.

끝없이 시험하는 것만이 먹는 일보다 영원한 것임을 인정하게 하십시오.

죽은 아이들을 결코 잊지 말게 하십시오.

지난 여름 나는 한 아이를 만났습니다. 그때 거리는 열기와 먼지로 한없이 더럽고 말들은 공중에서 만나며 몸부림치며 얽히고, 사람들의 얼굴은 번들거려 차마 서로를 똑바로 쳐다보기 어려웠습니다.

도시 한복판, 모든 것이, 휴지 조각들조차도 분노에 찬 눈초리로 서로를 노려보고 있었습니다.

그 땀과 열기로 번쩍이는 거리 한복판에서 믿을 수 없이 튀어나오는 아이 하나를 만난 것입니다. 마치 어린 왕자처럼 당당하게, 그러나 하늘에서가 아니라 지하에서 그 아이는 불쑥 솟아 나왔습니다.

거의 벌거벗었고, 형편없이 가는 팔다리며 마른 엉덩이는 일부러 먹물이라도 칠한 듯 거뭇거렸지만, 그러나 그 눈은 결코 세 살짜리 아이의 눈은 아니었습니다. 그것은 마흔 살의 교활함에 젖어 빛났습니다.

어느 주머니에선가 동전이 하나 떨어졌습니다.

그때 번개처럼 달려들어 동전을 집어 들고 수확의 기쁨으로 달아나던 그 눈, 세 살짜리의 그 슬픈 탐욕은 모든 늙은

탐욕들을 압도해 버렸습니다.

모든 거짓이 거기 있었습니다.

우리가 잃어버린, 눈부신 아이가 거기 있었습니다. 나의 아이도 있었습니다. 백일도 못 되어 죽은 나의 아이, 그 전에 수없이 죽은 나의 동생, 언니…….

아아, 언제나 새날엔 원컨대 자주 울게 하시고 눈물이 우리 삶의 지붕에 넘치게 하십시오. 우리의 눈물이 이 땅의 곡식들을 기름지게 하도록, 우리의 눈물이 전쟁과 시기猜忌와 미움을 씻어 가도록.

우리의 눈물이 이 메마른 땅에 비를 채우고 바다를 살찌우도록.

결코 우렛소리를 잊지 마십시오. 어느 때 어느 곳에서나 기쁜 마음으로 우렛소리를 기다리게 하십시오.

당신의 우렛소리는 때로는 무참히 떨어지는 꽃잎으로, 또는 가을의 평화로운 낙엽으로 오실 것입니다.

당신의 우렛소리는 박쥐들의 날개를 떨게 하시고, 마침내 무상無常으로 돌아가게 할 것입니다.

새날엔 언제나 시간이여, 모든 죽은 아이를 깨우시고, 착한 이의 잠에 축복을 내리시고, 탐욕엔 뇌출혈을 일으키게 하십시오.

거짓엔 무덤의 흙을 덮으시고, 단 하나의 우렛소리를 보내십시오.

연애

그대가 밖으로 나가네
등불 하나를 켜네
뒤에서 빗방울이 달려오네

그대를 따라 깊어진 어둠도 밖으로 나가네
문에는 든든한 네 개의 열쇠를 채우고
늙어 오는 길과
늙어 있는 길을 지나

그대가 밖으로 나가
돌아오지 않네
등불 둘을 켜네
뒤에서 빗방울이 달려오네

이 다정한 뭍의 사자死者들
자정엔 헛소리를 꺼내 드는
아, 이 바닥없는 뭇 잠의 추억들

그대가 밖으로 나가
돌아오지 않네
등불 셋을 켜네

뒤에서 빗방울이 달려오네
그대가 돌아오지 않네

그대는 언제나 '거기'
또는
꿈의 '저쪽'

연애는 '거기'
'저쪽'으로의 계단.

'거기'······ 탈주의 그곳, 교환, 교환 끝의 연결, 모든 앎이, 예술이 꿈꾸는 곳. 중심이 아닌 변방, 그러나 중심인 그곳, 우연인, 그러나 종내엔 우연이 아닌 필연의 그곳.

감각의 광합성이 일어난다. 이미지가 일어서 온다.

풀잎

아주 뒷날 부는 바람을
나는 알고 있어요.
아주 뒷날 눈비가
어느 집 창틀을 넘나드는지도.
늦도록 잠이 안 와
살枝 밖으로 나가 앉는 날이면
어쩌면 그렇게도 어김없이
울며 떠나는 당신들이 보여요.
누런 베수건 거머쥐고
닦아도 닦아도 지지 않는 피血들 닦으며
아, 하루나 이틀
해 저문 하늘을 우러르다 가네요.
알 수 있어요, 우린
땅속에 다시 눕지 않아도.

각자의 크고 작은 잠자리에서, 베갯머리에 떨어진 머리카락을 세며 그중 몇 올은 밤새도록 축축한 손가락으로 슬피 집어내면서 "아, 살아야지"라고 중얼거리는 아침.

단지 한 번 더 머리칼을 빗질하기 위하여, 단지 한 번 더 이빨을 닦기 위하여, 단지 한 번 더 먼지와 불화하고 소음과 화해하기 위하여, 단지 한 번 더 사랑하기 위하여…… 아, 이 무수한 한 번의 가능성들을 만져 볼 수 있다면…… 우리들은 그렇게 추억이 되어 가고 있다.

언제나 미리 알고 있는 추억이, 그러므로 거대해진 – 거대한 추억이, 사랑하올, 사랑하올.

안갯속에는

안개속에는
기다리는 남녀와
기다림을 그친 남녀들이 있습니다.

안개속에는
눈떠 가는 남녀와
방금
잠들어 가는 남녀들이 있습니다.

이윽고
천천히 섬이 되는 남녀와
이윽고
천천히 물이 되어 춤추는 남녀.

아야아

안갯속에는
아직 만나지 않은 남녀와
벌써 이별해 버린 남녀들이
살비아꽃처럼 흐득흐득
대지에 저희
꿈의 씨를 뿌립니다.

기다린다는 것, 그것도 말없이 기다려야 한다는 것, 문 앞에 서 있는 자는 문이 열릴 때를, 불을 꺼뜨린 자는 그 불이 다시 불타오를 때를, 병든 자는 고통 속에서 병이 나을 때를, 사랑하는 자들은 다시 사랑을 확인할 때를, 질문하는 자는 질문이 돌아올 때를…… 네거리에서, 동회에서, 기다릴 수밖에 없다는 것, 마지막으로 패배할 때를, 자정과 때늦은 귀가와 부재, 사랑의 거절을 기다려야 한다는 것, 꿈 뒤에서 꿈을 기다려야 한다는 것,

이런 시대엔 고독마저 기다려야 한다는 것. 사랑과 함께.

둥근 지붕

가끔 그런 곳을 생각한다

아름다운 오월, 마당에 수줍은 식탁을 꺼내 놓고 등꽃 그림이 그려진 지붕이라든가 마치 누군가를 기다리는 듯 창문 하나 은근히 열린, 눈부신 실루엣이 등꽃 목덜미에서 뛰어내리는, 둥근 지붕이 거기 있는

가끔 그런 곳을 생각한다

모비 딕이 피 흐르는 흰 등을 벼랑 밑에 누이고, 파도 철썩대는 벼랑 위 선인장 아래엔 속눈썹이 긴 등꽃빛 과나코 한 쌍이 무릎을 꿇고 서로 마주 보는, 난류와 한류가 만나 손을 마주 잡는, 가끔 꿈에 잠겨 '댄서의 순정'이라든가 '메기의 추억'이 물안개처럼 머얼리서 달려오는, 둥근 지붕이 거기 있는

가끔 그런 곳을 생각한다

팅커벨이 초록빛 날개를 흔들어 면사포처럼 얇은 하늘을 날고, 입을 가리고 웃는 여인처럼 얌전히 미소 짓고 있는 창문 틈새로 오렌지색 불빛이 하롱하롱거리는, 모든 덧문들이 일어서서 등잔을 성배처럼 감싸는, 빛의 하인들이 불빛의 외투를 벗겨 초록빛 옷걸이에 조심히 거는, 둥근 지붕이 거기 있는

가끔 그런 곳을 생각한다

바리가 아비어미의 입술에 등꽃빛 숨살이 가지를 얹
고, 바리가 아비어미의 입술에 등꽃빛 살살이 가지를 얹
고, 바리가 아비어미의 가슴에 방울방울 약수를 춤추게
하는 등꽃빛 상여위, 둥근 지붕이 거기 있는

가끔 그런 곳을 생각한다

영화를 무지무지 많이 보는 그 여자, 쉴 새 없이 떠들
고 장애인을 돌보는 게 직업인, 혼자 사는 그 여자, 아
주 낡은 자동차를 몰고 다니며, 벤츠나 뭐 그런 것처럼
자랑스레 "제 차로 가시죠!", 그 여자의 차는 흰색, 그
여자의 마음 같은, 모든 빛을 추락시키는 순결한, 불임
의 색, 어떤 때는 키 큰 이사도라 덩컨 같고, 어떤 때는
못생긴 거위 같다, 꽃잎 같다, 송이송이 내려앉는다 거
기, "마음대로 비틀거리세요, 제가 붙들 테니까요!" 목
쉰 소리로 웃는, 둥근 지붕이 거기 있는

가끔 그런 곳을 생각한다

결코 절망을 용서하지 않는 가문비나무, 독미나리, 그
리고 소나무가 자라는*, 지평선에 가장 가까워지는 오
후 다섯시, 어둠과 속 깊이 눈짓 교환하며, 내 안의 그
림자 훌떡훌떡 길어지는, 길어지며 지평선을 껴안는 들

판, 둥근 지붕이 거기 있는.

＊ 헨리 데이비드 소로우, 『소로우의 노래』, 강은교 편역 참조.

어떤 한 줄의 글이 또는 하나의 사유가 불현듯 생생한 느낌을 가지고 우리에게 다가오는 때가 있다.

그런데 사실 그러한 때란 스스로 욕구에 차 있거나 기다리고 있지 않을 때는 결코 찾아오지 않는다.

현실과 시간의 때에 절어 있으면, 그리고 산다는 것이 그렇게 괴롭거나 또는 그 반대로 희망에 차 있지 않으면 어떤 감동스러운 것도 이미 감동스러울 수가 없다.

그러므로 우리에게 가장 바람직한 상태란 진실로 말하자면 절망의 평면에 서 있을 때이며 가능한 성취란 이런 절망 속에서만 희망되어지는 것이다. 안주한다는 것은 결국 성취를 포기하는 것이며, 사소해지는 것이다. 절망과 성취의 동질성은 이런 차원에서 진실한 것이다. 즉 절망을 포기한다면 어떤 성취도 불가능하다. 성취를 꿈꾸기 위해선 절망해야 한다.

같은 논리로 창조는 곧 파괴임을 말해야 한다. 파괴가 없는 곳에서는 어떤 창조도 끝내 이루어질 수가 없다.

서슴없이 절망하라.

서슴없이 패배하라.

그리고 그 깊은 절망의 반작용을 내부로부터 일으키라.

절망 위에 선 희망이야말로, 패배 위에 선 창조야말로 진실하고 굳건한 것이다.

그것은 이미 이후의 절망을 두려워하지 않는다. 벌써 절망의 옷을 한 꺼풀 입어 본 뒤이므로.

이런 말들이 결코 공허하지 않도록 절망에의 의지를 늘 자기의 한편에 세워 놓으라.

하나의 사상이란, 하나의 말이란, 그것을 희구하지 않는 자에게는 결국 무의미이다.

진리는, 노래는, 신도 헤매며 기다리는 자에게만 보인다.

혜화동

─ 어느 황혼을 위하여

　가끔 그리로 오라, 거기 빵들이 얌전히 고개 숙이고 있는 곳, 황혼이 유난히 아름다운 곳, 늦은 오후면 햇살 비스듬히 비추며 사람들은 거기서 두런두런 사랑을 이야기한다.

　그러다 내다본다, 커다란 유리창으로 황금빛 햇살이 걷는 것을, 그러다 듣는다, 슬며시 고개 들이미는 저물녘 바람 소리를

　오래된 플라타너스 한 그루 그 앞에 서 있다, 이파리들이 황혼 속에서 익어 간다, 이파리들은 하늘에 거대한 정원을 세운다.

　아주 천천히 날아가는 새 한 마리, 실뿌리들은 저녁잠들을 향하여 가는 발들을 뻗고

　가끔 그리로 오라, 거기 빵들이 거대한 추억들 곁에 함초롬히 서 있는 곳

　허기진 너는 흠집투성이 계단을 올라간다

　이파리들이 꿈꾸기 시작한다

결혼한 딸이 첫 출산을 하는 날이었다. 병원 옆, 탁자가
두 개밖에 없는 조그만 찻집 겸 빵집에서 나는 아기 소식을
기다리고 있었다.

마침 통유리 창 앞 높은 의자에 앉게 되었다, 통유리 창으
로 황혼이 느릿느릿 걸어오고 있었다.

순간 그 자그만 가게는 결혼하면서 떠난, 나의 옛 어린 시
절, 동네의 한 빵집이 되었다. 플라타너스 잎에 햇살이 은빛
으로 흩날리던 그 로터리 한구석에 둥글게 있던 작은 빵집,
통유리 창의, 나의 옛 연애가 있는 그곳.

십일월

담 너머 한 사람이 웃고 있다.
지붕 끝에서 펄럭이던
필생畢生의 바람도 그치고

수레 밖에는
아직 시작되지 않는 싸움
동백 서너 송이가
먼저 시냇물을 건너간다.

너무 늦게 왔는가
그 사람 눈썹에는
마른 풀잎이 가득하고

일 년 동안이나
돌아오지 않은 여름
입은 옷이 무거워
지하의 저 길도 무너지려 한다.

마지막 수레도 보내고 나면
긴 뜰에는 빈집이 혼자
바람을 기다리고
나의 죽음을 기다리고

아,
사방 일천 리의 하늘을
나보다 큰 인류가 걸어가고 있다

십일월은 말한다.

모든 작별을 사랑하라.
작별 속에 들어 있는 마지막 진실, 비애를 사랑하라.

길은 무수히 뚫려 있고 무수히 어느 곳인가로 다다르고

끊임없이 우리를 배반한다.

　길들은 모든 살아 있는 것들에게 달려라, 달려라, 라고 명
령한다. 뛰어넘으라고 채찍질한다. 그리고 꿈꾸라고 소리친
다……

　십일월의 등불을 켜라.

진눈깨비

진눈깨비가 내리네
속 시원히 비도 못 되고
속 시원히 눈도 못 된 것
부서지며 맴돌며
휘휘 돌아 허공에
자취도 없이 내리네
내 이제껏 뛰어다닌 길들이
서성대는 마음이란 마음들이
올라가도 올라가도
천국은 없어
몸살 치는 혼령들이

안갯속에서 안개가 흩날리네
어둠 앞에서 어둠이 흩날리네
그 어둠 허공에서
떠도는 피 한 점 살 한 점
주워 던지는 여기
한 떠남이 또 한 떠남을
흐느끼는 여기

진눈깨비가 내리네
속 시원히 비도 못 되고

속 시원히 눈도 못 된 것
그대여
어두운 세상천지
하루는 진눈깨비로 부서져 내리다가
잠시 잠시 한숨 내뿜는 풀꽃인 그대여

그날 나는 한 남쪽 도시의 터미널에 있었다. 흑등고래 같은 '거대한 고속버스'의 입구 계단을 올랐다. 마침 진눈깨비가 내리고 있었다. 나는 진눈깨비를 쳐다보았다.

순간 그 녀석은 한숨을 쉬었다. 옆의 친구 진눈깨비들도 한숨을 쉬었다. 우리 모두 떠나며 한숨을 쉬었다.

그 남쪽 도시의 한 건물에 뚫린 총구멍들도 일제히 핏물 섞인 기침 소리로 달려왔다. 그 뒤로 피 묻은 벽들이 뛰어왔다.

버스가 흩날리기 시작했다.

진눈깨비는 끊임없이 팽창되고 있었다.

진눈깨비는 역사가 되고 있었다. 또는 역사의 은유.

　말하지 않으면서 말하고 있었다. 침묵하지 않으면서 침묵
하고 있었다. 노래하지 않으면서 노래하고 있었다. 듣지 않
으면서 듣고 있었다. 보지 않으면서 보기. 작은 새 한 마리
가 끄을고 가는 만리 길 보기.

황혼곡조 4번

사람이여
네가 가는 길 위에
웬 모래가 이리 많은가.
조금만 귀 기울여도
창밖에는 살[肉]을 나르는 바람 소리
동쪽에서 서쪽으로
내 뼈 네 뼈가 불려 가는 소리
바다로 가는 소금들의
빠른 발자국도 보인다.
여기가 너무 넓은가.
알지 못할 빛이 많은가.
오늘 밤엔 시든 나팔꽃들도
다시 한번 고개를 들었다 숙이고
나팔꽃 그늘에서 우리는
몇 만 그램의 핏방울을 저울에 달았다.
살아 있지도 죽어 있지도 않은
다만 흐르는 소리뿐인
내 피의 몇 세기世紀,
날이 저물고
저편 하늘에서 기다리던 구름 서넛이
무덤 속으로 들어간다.

한 죽음이 사라지고 다른 죽음이 준비된다. 한 웃음이 꺼지고 다른 웃음이 준비된다. 한 슬픔이 끝나고 다른 슬픔이 일어선다.

삶보다도 죽음은 얼마나 끝없이 살아 있는 것인가.
그곳엔 아마도 모든 것이 준비되어 있을 것이다. 알맞은 온도로, 알맞은 습기로, 아, 알맞은 침묵, 사랑, 안전, 평화, 이런 이름들로.

내 만일

내 만일 폭풍이라면
저 길고 튼튼한 벽 너머로
한번 보란 듯 불어 볼 텐데……
그래서 그대 가슴에 닿아 볼 텐데……

번쩍이는 벽돌쯤 슬쩍 넘어뜨리고
벽돌 위에 꽂혀 있는 쇠막대기쯤
눈 깜짝할 새 밀쳐 내고
그래서 그대 가슴 깊숙이
내 숨결 불어넣을 텐데……

내 만일 안개라면
저 길고 튼튼한 벽 너머로
슬금슬금 슬금슬금
기어들어
대들보건 휘장이건
한번 맘껏 녹여 볼 텐데……

그래서 그대 피에 내 피
맞대어 볼 텐데……

내 만일 종소리라면

어디든 스며드는
봄날 햇빛이라면
저 벽 너머
때 없이 빛 소식 봄 소식 건네주고
우리 하느님네 말씀도 전해 줄 텐데……
그래서 그대 웃음 기어코 만나 볼 텐데……

사랑하는 마음뿐으로
그리운 마음뿐으로

그런데 그대여
오늘 밤은 참 깊구나
질기기도 하구나
기다려다오
기다려다오

꿈꾼다.
내가 폭풍일 때를. 폭풍처럼 이 세상을 거칠 것 없이 달려
갈 때를.

또는

꿈꾼다.
내가 안개일 때를. 안개처럼 하늘을 슬슬 녹여 갈 때를.

꿈꾼다.

내가 저녁 종소리일 때를. 저녁 종소리처럼 그대의 그림
자를 쓰다듬을 때를.

그런데 여기 벽은 너무 키 크구나. 길고 질기구나. 튼튼하
구나.

참으로 엄혹한 유신 독재 시절이었다. 사방에 감옥이 널려
있던, 그러나 그렇기에 사람의 키가, 몸집이, 사랑이 한없이
커지던.

일어서라 풀아

일어서라 풀아
일어서라 풀아
땅 위 거름이란 거름 다 모아
구름송이 하늘 구름송이들 다 끌어들여
끈질긴 뿌리로 긁힌 얼굴로
빛나라 너희 터지는
목청 어영차
천지에 뿌려라

이제 부는 바람들
전부 너희 숨소리 지나온 것
이제 꾸는 꿈들
전부 너희 몸에 맺혀 있던 것
저 바다 집채 파도도
너희 이파리 스쳐 왔다
너희 그림자 만지며 왔다

일어서라 풀아
일어서라 풀아
이 세상 숨소리 빗물로 쏟아지면
빗물 마시고
흰 눈으로 펑펑 퍼부으면

가슴 한 아름

쓰러지는 풀아

영차 어영차

빛나라 너희

죽은 듯 엎드려

실눈 뜨고 있는 것들

그 빈터에는 원래 자그만 집이 한 채 있었는데 지난겨울 어느 날 불이 나서 전부 타 버리고 - 소문으로는 주인 할아버지와 할머니, 거기다 예쁜 점박이 개 한 마리도 타 버렸다 - 지금은 잡초만이 가득하게 되었다. 그런데 이상한 것은 그곳을 지날 때마다 나는 잠깐씩 인기척 같은 것을 느끼고 뒤를 돌아보게 된다는 것이다. 그러면 나의 눈이 닿는 거기에는 마치 살찐 여자들같이 탐욕스럽게 자란 풀들이 하늘을 배경으로 가득 몰려 서서 흔들거리고 있는 것이다.

풀들은 어쩌나 억세고 튼튼하며 끈질기게 자라고 있는지, 그때마다 나의 몸엔 스르르 소름이 돋는 것을 어쩔 수 없었다.

그것들은 어떻게 말하면 풀이라기보다는 잘 자란 동물과도 같은 끈끈한 육감肉感을 풍기는 것이었다. 그 육질肉質의 감각은 처음에는 보는 이를 부질없이 놀라게 하였으나, 얼마 뒤에는 한없이 경외스럽게 하는 것이었다.

여름도 중반이 되자 빈터는 이제 풀들의 완벽한 성숙으로 동네의 그 어느 곳보다 신비스러우며 위대한 장소가 되었다.

풀들은 때로 그곳과 그곳의 세 죽음을 지키는 튼튼한 병사같이 보이기도 했고, 때로는 그 죽음들이 어쩔 수 없이 낳아 버린 아이들같이도 보였다. 어떤 길도 그곳에 이르러서는 기를 못 펴고 돌아가야만 했다.

그리하여 아마도 그 넓고 깊은 뿌리 밑에 두 죽은 이의 혼과 한 마리 개의 그것을 품고 있으리라는 확신을 이제는 더이상 의심해 볼 수 없는 진실로 만들어 버렸다. 그리고 또한 결국 무덤에 돋는 풀만이 영원하며 푸를 수 있는 한의 푸른색이며, 어느 다른 곳의 풀보다 아름답다는 사실도 진실이되어 버린 것이다. 그것은 영혼과 고통이라는, 두 비료로써 자라나기 때문이다.

그 광활한 지층에의 엉겨 붙음은 한줄기의 억센 비라든가 넘치는 뜨거운 햇빛 그런 것으로 쉬이 사라지게 할 수는 없는 것이다.

그곳을 지날 때면, 나는 나를 향해 "일어서라", 라고 소리친다. 쓰러진, 모든 이 세상의 풀들을 향해서도.

자전自轉 1

날이 저문다.
먼 곳에서 빈 뜰이 넘어진다.
무한천공天空 바람 겹겹이
사람은 혼자 펄럭이고
조금씩 파도치는 거리의 집들
끝까지 남아 있는 햇빛 하나가
어딜까 어딜까 도시를 끌고 간다.

날이 저문다.
날마다 우리나라에
아름다운 여자들은 떨어져 쌓인다.
잠 속에서도 빨리빨리 걸으며
침상 밖으로 흩어지는
모래는 끝없고
한 겹씩 벗겨지는 생사의
저 캄캄한 수 세기를 향하여
아무도
자기의 살을 감출 수는 없다.

집이 흐느낀다.
날이 저문다.
바람에 갇혀

일평생이 낙과落果처럼 흔들린다
높은 지붕마다 남몰래
하늘의 넓은 시계 소리를 걸어 놓으며
광야에 쌓이는
아, 아름다운 모래의 여자들

부서지면서 우리는
가장 긴 그림자를 뒤에 남겼다.

나는 그때 어떤 네거리에 서 있었다. 닳고 닳은 보도의 자갈, 고동색의 칠이 벗겨져 이제는 검붉은 껍질들이 마치 고문당한 자의 등처럼 힘줄을 세우고 있는 전신주, 몇 번이고 덧칠을 하여 두꺼워진 사진관의 쇼윈도, 그곳에 걸린 한 여자의 웃는 얼굴, 수십 번 주인이 바뀌고 바뀔 때마다 정수리를 얻어맞으며 이마 위에 새 간판을 걸어 온 가게들…… 그런 것들이 이십 년쯤 지나 내가 이 거리에 다시 속하게 된 뒤에도 놀랄 정도로 같은 기분으로 살아 있는 것을 보아야 하는 것이다.

　내가 어딘가로 갑자기 사라져 버린다 해도 이들은 그대로 있을 것이다. 아무도 나의 사라짐을 눈치채지 못한 채 사진

관에 내걸린 저 여자는 눈부시게 웃고 있을 것이고 저 전신주는 조금씩 살 껍질이 벗겨져 가면서 그래도 참고 서 있을 것이다. 그렇게 해서 사라진 자는 바로 잊혀질 것이다. 잊히는지도 모르게 추억이 되어 버릴 것이다. 다른 - 같은 시간이 오고, 그 시간은 다시 다른 - 같은 시간이 될 것이다. 끝없이 흘러간다는 것은 끝없이 멈춰 있는 것이나 다름없을 것이다.

　이제 나는 다른 도시의 한 거리에 서 있다. 여자들이 지나간다. 전신주들도 지나간다. 벗은 여자들이 요염하게 서 있는 전단지들도 걸어간다. 그리고 이 모든 것을 햇살이 따스히 비추고 있다. 언제나처럼.

소리 9

눈 떠야 하리
시든 꽃 대궁에 누운 별빛을 지나서
몸살 하듯 내리는 한밤 무서리를 지나서
서슬 푸른 바람 끝
새벽과 새벽이 맞닿은 곳
거기 맨몸으로
일어서야 하리

녹두꽃은 녹두꽃 마른 허리를 비벼라
담쟁이는 흰 눈에 풀풀
감긴 머리칼을 풀어라
등에 진 땅이 무거워
엎드려 흐느끼는 돌멩이여
씻어라 진흙 구덩이 너의 눈물로
별보다 눈부시게 너의 속살로

　　강물이 넘어지고 있었네
　　부서진 모래펄
　　곁에서
　　바위들이 피 흘리고 있었네

　　하늘가로는

소리 없는 소리들
그림자 없는 그림자들

강물이 자꾸 넘어지고 있었네

우린 빈 주머니를 휘저으며 얘기한다 어젯밤 바람벽
을 뛰어넘은 도둑에 대해서 치통과 자유에 대해서 인터
페론과 양도소득세와 자본주의와 영아원과 또는 한숨을
또는 오늘의 시장 경기를 또는 흐린 날씨를 또는 어두워
만 가는 숲 그늘을 방 안에는 듬뿍 드보르자크의 심포니
흐르는데 저 피는 얼마짜리죠? 창문의 열쇠를 확인하고
나면 꽃밭에 드러눕는 피 흐르는 눈부신 눈두덩

눈 떠야 하리
한밤중에 부시시 잠 깨는 길처럼
솟구치는 풍랑 위 연꽃처럼
저 혼자 흐르는 건 달빛만이 아닌 것을
달빛에 묻은 어둠만이 아닌 것을

우린 누워 있었어요 가만히
가슴속엔 결코 냄새나지 않는 흙
고요한밤거룩한밤

기도할 새도 없었다니까요
용서하소서 죄인들을 용서하소서

길 하나가 일어서고 있었어요
치마폭 한 아름
널부러진 기침 소리들 보채고 있었어요
강 자꾸 넘어져 보이지 않는 땅
안개에 덮여 귓가엔
산발한 구름 치달리는 소리

요리조리 우린 바람 떼를 피하며 걸어간다 아침엔 숭
늉에 허기진 배 다스리고 흩날리는 먼지는 싸구려 총채
로 잠재워 버렸다 언제나 부지런한 시계는 벽장 깊이 감
추어 버리고 걸어간다 뒤돌아보지 않고 걸어간다 눈물
과 눈물 사이로 걸어간다 죽음과 죽음 사이로 아아 밤과
밤 사이로 아아 땅과 땅 사이로 별일 없이 별일 없이

눈 떠야 하리
무서리 너부죽한 길이면 길마다
그을음투성이 바람벽이면 바람벽마다
지친 태양 이젠
힘주어 안아야 하리

오랜만에 오랜만에
총총한 빗소리도 데불고
오랜만에 오랜만에
무지개도 어여삐 데불고

한 그림을 그려 본다.

도둑과 치통과 양도소득세와 자유가 서로의 다리에 다리를 얹고 지쳐 아니 포근히 잠들어 있는 그림…….

달빛과 강과 길이 눈물과 눈물 사이를 걸어, 서로의 다리에 다리를 얹고 지쳐 아니 포근히 잠들어 있는 그림…….

별빛과 무서리가 서로의 다리에 다리를 얹고 지쳐 아니 포근히 잠들어 있는 그림…….

고대와 현대가 서로의 다리에 다리를 얹고 얽혀 포개져,
포근히 잠들어 있는 그림…….

날씨 흐리고 흐리다. 아침부터 꼭 비가 올 것 같은 하늘이
있는데 아직도 빗방울은 떨어지지 않는다.
일기예보, 오늘도 맞지 않았다. 어디서 무지개가 마구 달
려오고 있는지도 모른다.

꽃을 끌고

꽃잎이 시들어 떨어지고서야 꽃을 보았습니다
꽃잎이 시들어 떨어지고서야 꽃을 창가로 끌고 왔습
니다
꽃잎이 시들어 떨어지고서야 꽃을 마음 끝에 매달았
습니다

꽃잎 한 장 창가에 여직 남아 있는 것은 내가 저 꽃을
마음따라 바라보았기 때문일 것입니다
당신이 창가에 여직 남아 있는 것은 당신이 나를 마음
따라 바라보았기 때문일 것입니다
흰 구름이 여직 창틀에 남아 흩날리는 것은 우리 서로
마음의 심연에 심어졌기 때문일 것입니다

바람 몹시 부는 날에도

사라지는 것들을 사랑하라. 그것도 말없이 사라지는 것, 저 하늘의 새 같은 것, 황혼의 불그스럼한 살빛 구름 조각, 꽃잎, 여름풀, 나비, 새벽 별, 안개 같은 것, 안갯속에 보이다 말다 끝내는 보이지 않는 사람의 뒷모습 같은 것, 영구차의 타이어 자국, 단두대의 피, 그런 것들의 빠른 사라짐을 이해하라.

2부

그대의 들

허총가虛塚歌 1

한밤중에 붉은
햇덩이 뜬다.
하늘로 가자.
하늘로 가자.

풀 눕고 모래 눕고
새들도 누운 다음.
돌아온 강물 끝에. 뻘 바람에.
지붕을 거두어.
지붕을 거두어.

우훠넘차 슬프다.
어허영차 슬프다.

네 살은 내가 안고.
내 살은 네가 업고.
청천 하늘 밝은 밤
없는 곳 없는 곳으로.

길은 동서남북.
길은 동남서북.

그림자 되어 너.

한 꿈 그림자 되어 우리 함께.

오늘도 수만數萬 잠

헛되고 헛되었으니.

……흐르는 물속에 잠긴 저 수많은 얼굴들을 나는 모른다. 그 얼굴들에 쌓인 고통과 침묵, 또는 지나가 버린 무수한 말의 두께를 나는 모른다.

모든 핏속을 달리는 '햇덩이'들과, 시든 잎과 그것에 이어지고 있는 무수한 뿌리들을, 그리고 이 모든 것 위에 서 있는 저 넓고도 변함없는 하늘 그 긴 살아 있음을…….

진달래

나는 한 방울 눈물
그대 몰래 쏟아 버린 눈물 중의
가장 진홍빛 슬픔
땅속 깊이깊이 스몄다가
사월에 다시 일어섰네

나는 누구신가 버린 피 한 점
이 강물 저 강물 바닥에 누워
바람에 사철 씻기고 씻기다
그 옛적 하늘 냄새
햇빛 냄새에 눈 떴네

달래 달래 진달래
온 산천에 활짝 진달래

진달래는 변혁이다.
이 땅 수만 눈물들의 개벽이다.
누구신가 버리신 피 한 점의 천도天道이다.

저물 무렵

저물 무렵 네가 돌아왔다
서쪽 하늘이 열리고
큰 무덤이 보이고
떠나가는 몇 마리의 새
식구들은 다시 안심한다

곧 이불을 펴리라
지난해를 다 바쳐 마련한
삼베 이불이
곳곳에서 펴지리라

나는 헌 옷을 벗고
낡은 피는 수챗구멍에 버린다
곁눈질로 우는 피의 기쁨
뒤뜰에선 오랜만에
꽃잎 떨어지는 소리

마지막 꽃잎도 떨어지고 나면
더 무엇이 살아서 떨어지겠는가

서쪽 하늘이 열리고
네가 돌아왔다

살아 있는 것 모두
물이 되도록
물 끝에 거품으로 일 때까지
성실한 너는 또다시 오라

거기선 아마도 매일 밤의 내 꿈들이 소리도 없이 마룻장을 출렁이게 하고 있을 것이다. 다 타지 못한 재들이 소리 없는 변명을 계속할 것이다.

　그리고 문들은 기다릴 것이다. 어떤 새로운 시간이 자기를 끌어 올려 하느님에게로 인도해 주기를. 모든 허약한 소리와 모든 불평의 노크와 즐거움의 열쇠를 거부하면서.

　문들은 다만 제자리에서 움직이지 않을 것이다,

　그리고 또 올 것이다, 추억이 된 이들은.

가을

기쁨을 따라갔네
작은 오두막이었네
슬픔과 둘이 살고 있었네
슬픔이 집을 비울 때는 기쁨이 집을 지킨다고 하였네
어느 하루 찬바람 불던 날 살짝 가 보았네
작은 마당에는 붉은 감 매달린 나무 한 그루 서성서성
눈물을 줍고 있었고
뒤에 있던 산, 날개를 펴고 있었네

산이 말했네

어서 가 보게, 그대의 집으로……

우리를 살게 하는 것은 그리 큰 것이 아니다.
따뜻한 한 올의 햇빛,
한 줄기 바람,
또는 메마른 목을 축여 주는 몇 리터의 물,
또는 허기진 배를 채워 주는 몇 그램의 먹을 것
몇 그램의 추억⋯⋯
아주 사소한, 사소한

그리고
슬픔 곁에 있는 기쁨.

그리고
집,

문을 여는 순간 태아가 되는 그곳. 마음 편해진 잠, 꿈, 희
망 들이 따스한 자궁의 양수 속에서 출렁이고 있는 그곳.

등불로 발그레해진 창의 빰들이 부끄럽게, 부끄럽게 우리
를 기다리고 있는 그곳.

자전自轉 2

밤마다 새로운 바다로 나간다.
바람과 햇빛의
싸움을 겨우 끝내고
항구 밖에 매어 놓은 배 위에는
생각에 잠겨
비스듬히 웃고 있는 지구
누가 낯익은 곡조의
기타아를 튕긴다.

그렇다. 바다는
모든 여자의 자궁 속에서 회전한다.
밤새도록 맨발로 달려가는
그 소리의 무서움을 들었느냐.
눈치채지 않게 뒷길로 사라지며
나는 늘
떠나간 뜰의 낙화落花가 되고
울타리 밖에는 낮게 낮게
바람과 이야기하는 사내들

어디서 닫혔던 문이 열리고
못 보던 아이 하나가
길가에 흐린 얼굴로 서 있다.

사십여 년 전쯤의 한 풍경을 떠올리지 않을 수 없다.

나는 어떤 골목 앞에서 문득 검은색으로 화살표를 인쇄한 종이쪽지와 만난다. 화살표의 꽁무니에는 '金喪家 입구'라고, 정중한 인쇄체 글씨가 박혀 있다. 누가 또 죽은 모양이다. 나는 잠시 그 종이쪽지가 가리키는 방향으로 시선을 들이밀어 본다.

그런데 참 이상한 일이다. 나는 이제까지 그 골목에 집이 있는 줄 몰랐다. 나는 그 골목이 벽으로 막힌 막다른 골목인

줄만 알았다. 그것이 지금 한 사람의 죽음으로 활짝 열려진
것이다.

　음울한 분위기를 풍기도록 조등弔燈이 달려 있는 문 앞에
서는 이상하게 마른 냄새 같은 것이 스며 나온다. 그것은 향
이 타는 냄새 같기도 하고 시드는 국화 향기 같기도 하다. 혹
은 오래 깔아 둔 이불자락에서 새어 나오는 마른 솜 냄새 같
기도 하다. 냄새는 조금씩 벽을 타고 새어 나와 아침 거리에
스며든다. 발자국, 옷자락, 그림자, 그런 모든 것이 죽음의
향기로 잠시 설렌다.

　그 집의 한 방엔 아마 어제까지도 말을 하고, 때로는 웃을

수도 있었던 한 사람의 얼굴이 누워 있을 것이다. 물론 이제
는 잔기침 한번 하는 법 없이. 어떤 욕지거리에도, 어떤 경
멸에도 화내지 않은 채, 그의 팔은 막대기처럼 딱딱하게 굳
어 있을 것이고, 그래서 수의壽衣를 갈아입히려면 어딘가 한
군데를 찢는 것이 빠르리라.

코와 입과 항문을 정결한 솜으로 막아야 하리라. 산소가
그의 내부에 닿지 않도록……

골목을 돌아나오는데 한 아이가 하늘 높이 공을 던져 올
리고 있었다.

97

햄버거와 구름

그 여자는 정오에 구름을 보며 햄버거를 먹었다.

햄버거에서 구름이 떨어졌다.
그 여자는 구름이 맛있다고 생각하며 먹었다.
그 여자는 손가락을 쪽쪽 빨며 소스가 쳐 있는 햄버거
의 고깃덩이를 씹었다.

순간
빗방울이 두 개의 빵껍질 사이에서
떨어졌다.

오, 햄버거는 우리를 기다리지 않는다.

햄버거들이 행성처럼 떠도는 도시
그 뒤로 무수한 입들이 흩날리며 따라가고
그 뒤로 무수한, 부드러운 혀들이, 침들이 흩날리며 따라
가고

햄버거는 끊임없이 자란다.

햄버거와 양상치, 또는 감자 사이 사이에서 눈물방울이 떨
어진다.

　　'하느님, 저희에게 달콤한 것들을 내려 주소서, 부디
　　달콤하고 부푼 것들을, 끊임없이 팽창하는 것들
　　을…… 저의 아이들을 잊지 마소서…….'

우주만큼 커지는 눈물방울들,

그러나 오오,
햄버거는 기억하지 않는다,

햄버거는 이 행성을 그 불멸의 빵 껍질로 덮어 간다.

가끔 외치듯 질문하면서

햄버거의 입술 위에 우리가 엎드리는가,
햄버거가 우리의 입술 위에 엎드리는가.

파도

떠도는구나 오늘도
동편에서 서편으로
서편에서 동편으로
물이 되어 물로 눕지 못하는구나
꿈꿀 건
온몸에 솟아나는 허연 거품뿐
거품 되어 시시때때 모래땅 물어뜯으며
입 맞추며 길길이
수평선 되러 가는구나
떠돌며 한 바다
막으러 가는구나

누가 알리
엎드려야만 기껏 품에 안아 보는 세상
날 선 바람 떼 굽은 잔등 훑고 가면
쓰러져 내리는 길, 길 따라
사랑이 얼마만 하더냐, 묻는 먼지 알 신음 소리
목숨의 길이 얼마만 하더냐, 묻는 먼지 알 신음 소리
등덜미에 철썩철썩 부서져

떠도는구나 오늘도
동편에서 서편으로

서편에서 동편으로
물이 되어 물로 눕지 못하는구나
아, 이 벽에서 저 벽
저 벽에서 이 벽

끝내 거품 되어 피 넘쳐 넘쳐
수평선이 흐느끼는구나
흐느끼며 한세상
거품 속에 세우는구나

바닷가에 실눈을 뜨고 서 있는 바위에 파도가 흰 머리칼을 온통 내휘두르며 부딪는다, 파도는 마치 자기가 있는 곳이 마음에 안 든다는 듯이, 또는 오만하고 딱딱한 바위 천지인 세상을 머리 숙이게라도 하겠다는 듯이 온몸의 힘을 다 내어 바위에 부딪고 있었다.

그러나 바위에 부딪는 순간 그것은 아주 작은 흰 거품으로 부서져 자기가 온 곳으로 다시 돌아가곤 하였다.

'파도들의 부서져 떠돎', 순간 슬픔이 몰려오기도 하면서 또 황홀이 몰려오기도 한다. 갈가리 찢겨지면서 떠도는 자의 매혹…… 허무의 활력 같은 것, 허무의 짙은 질서, 한 파도의 찢김이 끝난 뒤에야 다음 것의 찢김이 몰려오는 그 명징한 질서, 그 찢김이 다시 올 때는 또다시 하나의 물로 뭉쳐서 어깨동무하고 오는…… 결국은 사랑의 질서 같은 것.

감사하라, 황홀하라. 그대가 떠돎과, 상처와 욕망의 존재임에 감사하라, 황홀하라.

그대여, 떠도는 이들이여, 그대가 떠돌 수 있음에 감사하라. 황홀하라.

그대여, 상처받는 이들이여, 그대가 상처받을 수 있음에 감사하라. 황홀하라.

그대여, 욕망에 부풀어 늘 허덕이는 이들이여, 그대가 욕망할 수 있음에 감사하라, 욕망을 못 이룸에 감사하라, 황홀하라, 그대에게는 또 하나의 다른 욕망이 달려오리니, 그것이 그대를 끌고 한 치라도 앞으로 나아가리니. 그렇게 그렇게 그대의 욕망들의 궤적이 이 행성 위에 아름답게 새겨지리니…….

상처

택시가 붉은 신호등에 멈춰 섰을 때 택시 기사가 갑자기 권총을 꺼내 들었다/그는 차창 밖으로 권총을 난사하기 시작했다/ 옆에 멈춰 선/날씬한 은회색 승용차를 향해서/앞에 멈춰 선/산처럼 튼튼한, 비닐 덮개를 깃발처럼 날리고 있는 덤프트럭을 향해서/여자 행인을 향해서/남자 행인을 향해서/빛나는 유리의 십오층 빌딩을 향해서

그건 장난감 권총이었다/입으로는 연신 따발총 소리를 내면서 그는 그 짓을 계속했다/나는 뒷좌석에서 하하하＿하하하하＿하하 웃었다/그래도 신호등이 푸른 빛으로 풀리지 않자 그는 권총을 조수석에 던지고 노래를 부르기 시작했다/있는 힘껏 목청을 돋우어서＿＿＿샹안데리아부울빛에에아름다운그대여어＿＿＿
목소리는 출렁출렁출렁 거리로 기어 나갔다/은회색 승용차의 붕붕대는 은빛 시동에 부딪힐 때까지/덤프트럭에서 날려 떨어지는 검붉은 흙 다발에 부딪힐 때까지……/아무도 듣지 않았지만/뒷좌석의 나 외엔 아무에게도 들리지 않았지만/그는 열렬히 노래했다.

차창 저쪽에서 회색 하늘이 가끔 벗겨지고 있었다/몰래 벗겨지는 상처 딱지처럼.

꩜

모든 상처는 선명해지려는, 연장되려는, 그래서 확장되려
는 성질을 지니고 있다. 아니다. 상처는 어둠이다. 그 어둠
을 보는 시선의 선명성이며 연장성이며 확장성을 지닌 것이
다. 그러니까 위의 어구는 이렇게 수정해 말해야 한다. 모든
시선이 포획해 지니고 있는 이미지의 저변에는 연장성과 선
명성, 확장성이 있다고. 그리고 그 포획에서 이미지의 증식
이 일어나고.

흐린 날 잿빛 구름이 떠도는 하늘에선 잘 분별할 수 없는
소리가 들려온다. 슬슬 맑아 오는 하늘 속으로 무엇인가, 오
는 듯한 상처의 저 소리들…… 저건 살이 스치는 소리인가,

그러고 보니 너로구나, 지금 네가 오고 있구나, 네가 지금
구름의 문 밖에 있구나. 너는 지금 태아가 되어 구름 바구니
속에 웅크리고 있구나.

너는 끝없이 선명해지는구나. 부드러이 확장되는구나. 황
홀히 증식되는구나. 네 앞에서 모든 상처는 꿈꾼다, 자기가
매끈했었을 때를,
그리하여
상처는 기어코 상처를 벗어난다. 언제 거기 있었느냐는 듯이.

그 담쟁이가 말했다

나는 담쟁이입니다. 기어오르는 것이 나의 일이지요.

나의 목표는 세상에서 가장 길며 튼튼한 담쟁이 줄기를 이루는 것입니다. 옆 벽에도 담쟁이 동무 잎들이 기어오르고 있었지만 내가 더 길고 아름답습니다. 내 잎들은 부챗살 모양입니다.

오늘도 그 사람이 보러 왔습니다. 나는 힘차게 벽을 기어 올라갔습니다. 그 사람은 한참 동안이나 나를 바라보다가 벽의 어깨를 한번 쓰다듬고는 떠나갔습니다.

나는 부챗살로 벽을 기어 올라갔습니다. 주홍빛 아침 해가 내 꿈밭 위에서 허리를 펼 때까지, 아아, 세상에서 가장 눈부신 담쟁이 줄기가 될 때까지. 있는 힘을 다해.

오오, 가냘픔의 진정 강함이여, 가벼운 것의 진정 무거움
이여, 부드러움의 힘이여.

회귀回歸

다음에 올 때면 그대여
저승에나 갔던 듯 돌아오게
저승이 저 하늘이라면
여기서 하늘이 참 가까우니
별냄새도 조금 나고
바람때도 조금 묻혀
산모래 부서지듯 부서지듯
부끄럽게 부서지며 오게.

다음에 올 때면 그대여
잠든 이의 눈꺼풀 속으로는 오지 말게.
귀뚜라미나 풀잎처럼
풀잎처럼 사랑처럼
오래 말 못하는 것이 되어
눈물이 죽은 강물을 깨우듯
말없이 깨우며 깨우며 오게.

다음에 올 때면 그대여
죽은 강 허리 위에
귀뚜라미 울음이나 얹어 주게.
쓰러질 수 있다면 다시 한번
마지막으로 쓰러져서

귀뚜라미 울음 위에
저 하늘의 푸른색을
놓아 주게, 잠들지는 말고.

백일도 못 되어 아이가 나를 떠나간 날,

　시신으로부터 옷을 잘라 내던 수녀 한 사람이 아이의 펼쳐진 나머지 한 손의 손가락에 끼워져 있던 금반지를 빼냈다. 나는 순간 가슴이 덜커덕했다. 그것은 누군가 애처로운 마음에 그 아이의 유일한 부장품으로서 전날 끼워 둔 것이었는데 그 순간 아주 더럽고 부정하게 보였고, 딱딱한 몸 위에서 거의 물렁물렁하게 느껴졌다.

　그것은 또 지나치게 의미를 지니고 있었다.

나는 부끄러움으로 가슴이 뛰는 것을 참을 수 없었다.

　나는 또 그때 장지로 가는 회색의 장의차 속에서 꿈속 같
은 인간의 마을을 바라보다 고개를 돌렸을 때 송판관 위로
기어가고 있는 한 마리의 바퀴벌레와 부딪히기도 했다. 나
는 감격했다. '아이의 무덤 속에도 바퀴벌레가 있다. 내가
사는 이 도시의 방들에도 바퀴벌레가 있다. 우린 영원히 한
마리의 바퀴벌레로써 연락될 것이다'라고.

하관 下棺

웃고 있네.
눈도 감고 피도 식어서
피도 식고 뼈도 삭아서
그러나
아프지 않아서 웃고 있네.

띵띵 불어 버린 심장이나
쥐 이빨도 안 들어가는 손톱이나
무덤 속에서도 자라는 머리칼
또는
그림자 때문에

아직 부서지지는 않네, 우리는.
흔들릴 테다, 우리는.

누군가 홀로 모래밭으로 가서
모래나 될걸,
모래나 되어 어느 날
당신 살 밖의
또 살이나 될걸 하지만

아무도 완전히 사라질 수는 없네.

무덤 속이든지 꿈 속이든지
쥐 이빨도 안 들어가는
손톱 속이든지
살아 있는 것은 언제나
다시 물이 되고 바람이 될 때까지
살아서

하늘은 아직도 하늘
햇빛은 억만년을 햇빛으로
흐르고 있네, 우리는.
잠들지 못할 꺼네, 우리는.

두 달 남짓 이 지상에서 살다가 가 버린 나의 아이에게 나는 두 편의 시를 바쳤다.「하관」과 앞 페이지에 실은 「회귀」.「하관」을 쓰던 순간 나는 죽은 아이의 잠이 흙 속에서 꽃 뿌리를 타고 따스하게 흘러가는 것을 이해했다. 그런 기나긴 잠들이 지상의 흙을 부드럽게 적시는 것에 잠시 감사, 감사했다.

죽음의 몸은 차디찼지만…… 그것은 거의 견고했지만…… 그러나 그 영혼은 그것이 견고해지기 전에 이미 어디로인가로 날아가서 말 없는 어떤 것이 되어 있었다. 염습하기 위하여 병원의 시신 안치 서랍 속에서 아이를 꺼냈을

때 살은 보랏빛이었고 입술은 보라색 물감이 번진 것처럼
작은 얼굴의 아랫부분에 희미하게 달혀 있었으며 한쪽 손은
굳게 쥔 채 굳어 있었다.

나는 그것이 그저 껍질이며 그 이외의 아무것도 아님을
보았다. 보았다기보다 아이가 가르쳐 주었다.

자, 제 껍질을 보세요.
그러나 나는 흘러가요. 꽃뿌리를 타고 흘러가요. 영
원이 되어, 불멸이 되어, 따스히, 따스히…… 어머니
의 자궁 속으로.

비

부르는 것들이 많아라
부르며 몸부림치는 것들이 많아라
어둠 속에서 어둠이 오는 날
눈물 하나 떨어지니
후둑 후둑 빗방울로 열 눈물 떨어져라
길 가득히 흐르는 사람들
갈대들처럼 서로서로 부르며
젖은 저희 입술 한 어둠에 부비는 것 보았느냐
아아 황홀하여라
길마다 출렁이는 잡풀들 푸른 뿌리

비에 젖는 것들을 꼽아 본다. 나의 살, 나의 옷, 나의 무덤, 나의 집 벽, 나의 집 지붕, 나의 집 창, 나의 집 난간, 길, 신호등, 비오는 날의 우산, 모래밭, 정거장, 달리고 있는 버스. ……모든 누워 있는 것들. 침묵, 강, 바다.

비에 젖지 않는 것들을 꼽아 본다. 나의 뼈, 나의 심장, 나의 콩팥, 나 - 의…… 우산을 쓴 나의, 나의 피톨, 우산을 쓴 나의, 안방 벽, 엘리베이터, 금목서 향기, 천리향 향기, 백등 꽃 향기, 나의 뇌…… 우산을 쓴 나의 뇌, 엘리베이터를 탄 나의 손톱, 지하철, 지하 창고에 들어간 허리가 잘린 나무, 팔이 잘린 나뭇가지…….

비에 젖는 것들은 허虛인 것들, 꿈꾸는 것들, 살아 있는 것들이다.
비에 젖지 않는 것들은 무無인 것들, 꿈꾸지 않는 것들. 사랑하지 않는 것들. 그러기에 사랑하는 것들.

아, 그대와 나의 창을 조금만 다른 쪽으로 연다면?
아, 그대와 나의 창을 조금만 넓게 연다면?

그대의 들

'왜 나는 조그마한 일에만 분개하는가'로 시작되는
어느 시인의 말은
수정되어야 하네

하찮은 것들의 피비린내여
하찮은 것들의 위대함이여 평화여

밥알을 흘리곤
밥알을 하나씩 줍듯이

먼지를 흘리곤
먼지를 하나씩 줍듯이

핏방울 하나하나
그대의 들에선
조심히 주워야 하네

파리처럼 죽는 자에게 영광 있기를!
민들레처럼 시드는 자에게 평화 있기를!

그리고 중얼거려야 하네
사랑에 가득 차서

그대의 들에 울려야 하네

'모래야 나는 얼마큼 적으냐' 대신
모래야 우리는 얼마큼 작으냐
'바람아, 먼지야, 풀아, 나는 얼마큼 적으냐' 대신
바람아, 먼지야, 풀아, 우리는 얼마큼 작으냐, 라고

세계의 몸부림들은 얼마나 얼마나 작으냐, 라고.

저 소리들이 들리는가. 흉터들이 기어가는 소리, 구겨진 옷의 솔기들이 기어가는 소리, 뜯어진 실밥들이 기어가는 소리, 어느 날 저녁 당신이 흘렸던 흐느낌들이 기어가는 소리…… 또는 어느 날 정오에 흘렸던 당신의 땀들이 플라타너스 아래로 사라지는 소리, 프 프프 작은 웃음들이 장미꽃 핀 창틀로 사라지는 소리……

사람들은 얼마나 사소한 것들로 사는가.

얼마나 사소한 것들이 우리를 일으켜 세우는가.

어느 날의 비 한 방울이
어느 날의 눈 한 송이가

어느 날의 밥 한 톨이
어느 날의 뭇국 한 숟가락이
어느 날의 잡풀 사이에 핀, 보라빛 손톱꽃이
치워 버려야 할 거미줄이, 그 짙은 초록의, 거미의 배
맹렬히 도망가는 개미 등등.

감사하고 감사하라.
고통스러우므로 아름다운, 욕망투성이이므로 눈부신, 살
아 있는 모든 것들이여, 바람 속에서 바람의 범벅이 되는 모
든 이들이여⋯⋯ 너무 작으므로 큰,

눈물 한 방울 들이여, 먼지 한 줌 들이여

오래전에 쓴 시: 비마飛馬

　나는 그때 분명 땅속에 누워 있었습니다. 일어나면 내
머리가 흙의 지붕에 닿을 것 같았습니다. 내 팔, 내 다
리, 내 혀도 내 것이 아니었습니다. 나는 고모를 불렀습
니다. 고모, 고모, 당고마기고모. 내 혓바닥은 항아리
속에 소금으로 절여져 있었습니다. 내 옷은 황금빛의 비
단이었고 팔목에는 낯모르는 보석들이 둘려져 있었습니
다. 나는 아마도 백제 말기쯤에 누워 있었습니다. 딱딱
한 바닥, 다 삭은 이불, 푸른색의 비마飛馬들이 그려져
있는 사면의 벽, 나에겐 어머니도 없었고 아버지와는 더
욱 오래전에 헤어졌었고, 나는 고모를 불렀습니다. 나는
고모를 불렀습니다. 고모, 당고마기 고모. 사랑하는 이
도 없었습니다. 나는 혼자였습니다. 혼자 아주 오랜
세월 속을 눈 뜨고 있었습니다. 막막한 땅속에서.

한 죽음이 사라지고 다른 죽음이 준비된다. 한 웃음이 꺼지고 다른 웃음이 준비된다. 한 슬픔이 끝나고 다른 슬픔이 일어선다.

당신은, 감히 인정할 수 없다고 하지만, 영원이다. 천구天球이다. 천도이다. 그러므로 눈부신 불멸이다.
오시고 또 오신다, 기다리지 않아도…… 오시는 시간처럼. 끝이며 처음처럼. 도착이며 출발이다. 언제나 출발이다.

여름날 오후

어느 여름날 오후, 젖어 있으며 울퉁불퉁한 땅, 빵 한 개가 비에 젖고 있다.

허리가 잘록한 개미 한 마리 빵을 살며시 쓰다듬어 보더니 어디로인가 급히 간다.

울타리 하나가 고개를 수그리고 빵을 들여다본다.

비에 빵의 살이 풀어진다. 팥고물이 피처럼 흐르기 시작한다. 안개 뒤에서 태양의 비명 소리가 들려온다. 허리가 잘록한 개미 몇 마리 빵을 자르기 시작한다.

어디서 들려오는 너의 소리……

울타리가 빵 위에 엎드린다. 젖어 있으며 울퉁불퉁한 땅, 질척이는 고름 사이로, 들여다보는 돌 하나.

네가 빵 위에 넘어진다. 우리 모두 빵 위에 넘어진다. 멀리서 태양의 비명 소리, 기적이 들려온다. 여름날 오후.

내가 있는 곳은 기차의 한 칸, 또는 레일 일 제곱센티미터

빵의 한 켠, 팥고물의 속눈썹 안, 절대 고독의 끝, 리얼리즘,

또는
마스카라를 칠한 속눈썹이 너무 긴, 모던 리얼리즘.

3부

어떤 사랑의 비밀 노래

섬

— 어떤 사랑의 비밀 노래

한 섬의 보채는 아픔이
다른 섬의 보채는 아픔에게로 가네.

한 섬의 아픔이 어둠이라면
다른 섬의 아픔은 빛
어둠과 빛은 보이지 않아서
서로 어제는
가장 어여쁜
꿈이라는 집을 지었네.

지었네,
공기는 왜 사이에 흐르는가.
지었네,
바다는 왜 사이에 멈추는가.
우리여, 왜,
이를 수 없는가 없는가.

한 섬이 흘리는 눈물이
다른 섬이 흘리는 눈물에게로 가네.

한 섬의 눈물이 불이라면
다른 섬의 눈물은 재灰

불과 재가 만나서

보이지 않게

빛나며 어제는 가장 따스한

한 바다의 하늘을 꿰매고 있었네.

멀리서 빛나는 불빛은, 멀리서 빛나므로…… 결코 닿을
수 없으므로 얼마나 아름다운가.

그 꽃의 기도

오늘 아침 마악 피어났어요
내가 일어선 땅은 아주 조그만 땅
당신이 버리시고 버리신 땅

나에게 지평선을 주세요
나에게 산들바람을 주세요
나에게 눈 감은 별을 주세요

그믐 속 같은 지평선을
그믐 속 같은 산들바람을
그믐 속 같은 별을

내가 피어 있을 만큼만
내가 일어서 있을 만큼만
내가 눈 열어 부실 만큼만

내가 꿈꿀 만큼만

아주 작은 한 알의 사과가. 아주 작은 한 알의 포도 씨앗
이, 아주 작은 한 알의 홀씨가, 아주 작은 새 한 마리가, 보
잘것없는 한 줌의 흙이, 어느 날 약간 늘어진 작은 호주머니
가…… 우리의 머리를 숙여지게 하는 것, 자세히 보기.

그리고
그리하여

보이지 않는 향기, 깊이 들이쉬기.

사과에 대하여

오늘 아침
홀랑 껍질을 벗기운 너
보이지 않는 피 철철 흘리는 너

오,
껍질을 벗기우고도 더 달콤한 너

네 피 사이로
눈부신 거미들이 달려오는구나

모든 달콤한 것들의 비밀이여. 고통의 아름다움이여, 그
'무한 선율'이여.

기적

그건 참 기적이야
산에게 기슭이 있다는 건
기슭에 오솔길이 있다는 건
전쟁통에도 나의 집이 무너지지 않았다는 건
중병에도 나의 피는 결코 마르지 않았으며,
햇빛은 나의 창을 끝내 떠나지 않았다는 건
내가 사랑하니
당신의 입술이 봄날처럼 열린다는 건

오늘 아침에도 나는 일어났다, 기적처럼.

어찌 감사하지 않을 수 있으랴.

나에게 주어진 그 병에 어찌 감사하지 않을 수 있으랴. 사십 년 이상을 신경안정제를 먹고 있지만, 그 탓에 나는 늘 조심조심 살고 있으며, 조심조심 일터에 가고 그 때문에 괴로워 매일 새벽에 시를 쓰고, 그 때문에 다른 글들도 쓰니, 감사하지 않을 도리가 없다.

나의 실연들에게도 감사한다. 실연할 때마다 사랑을 진하

게 알았었으니

　사랑이란 그렇게 슬퍼서 눈부신 것임을 알았었으니
세상엔 그렇게 사랑이 많음을 알았었으니

　돌투성이인 그 길에게 어찌 감사하지 않을 수 있으랴
내 걸음이 비뚤어진 걸 알았었으니, 허보虛步인 걸 알았었
으니.

　저물녘의 해에게 어찌 감사하지 않을 수 있으랴.

석양이 보이지 않는 곳에서 보이는 그것에 어찌 감사하지 않을 수 있으랴.

꽃들에게 감사, 감사.
그렇게 긴 갈증, 그렇게 깊은 상처가 그 예쁜 몸 속에 있을 줄이야.

그 창이 뿌연 것에 감사한다. 컴컴함으로 오늘 밤 달무리는 더 은은하니.

살그머니

비 한 방울 또르르르 나뭇잎의 푸른 옷 속으로 살그머니 들어가네,
나뭇잎의 푸른 윗도리가 살그머니 열리네
나뭇잎의 푸른 브로치도 살그머니 열리네
나뭇잎의 푸른 스카프도 살그머니 열리네
나뭇잎의 푸른 가슴 호주머니도 살그머니 열리네

햇빛 한 자락 소올소올 나뭇잎의 푸른 줄기세포 속으로 살그머니 살그머니 걸어가네
나뭇잎의 푸른 가슴살을 살그머니 살그머니 쓰다듬네
나뭇잎의 푸른 스카프 폭풍에 펄럭펄럭 휘날리는데
나뭇잎의 푸른 가슴살 살그머니 살그머니 빙하로 걸어가는데
살그머니 살그머니 빙하를 쓰다듬는데
나뭇잎의 푸른 윗도리 나뭇잎의 푸른 브로치 나뭇잎의 푸른 스카프, 나뭇잎의 푸른 가슴 호주머니, 나뭇잎의 푸른 피톨들을 살그머니 살그머니 살그머니 감싸 안는데

살그머니 너의 속살을 벗기고 가슴 호주머니를 만지니, 살그머니 열리는 너의 수천 혈관의 문

시간이 한층 두꺼워지네

우리의 사랑도 살그머니 두꺼워지네.

    그렇다. 이미지는 적당한 거리距離다.

    한 자락의 햇빛과 두우 – 자락의 햇빛 사이의, 한 잎의 나뭇잎과 두우 – 잎의 나뭇잎 사이의, 한 방울의 비와 두우 – 방울의 비 사이의. 한 시간과 두우 – 시간의 초침 사이의, 사랑의 사이에.

    그 지점에서 이미지는 점점 팽창한다.

    팽창한 이미지는 이미지를 증식한다. 추推 이미지이며 추墜 이미지들이다. 소리길이 열린다. 소리심이 일어선다.

가족

그날, 그 젊은 여자는 무덤 위에 걸터앉아 둥근 젖통
을 꺼냈다.

푸른 심줄이 군데군데 박혀 있는 둥근 그것.

지구의地球儀 같은 것

아기가 영롱한 종처럼 지구의에 매달렸다.

종추가 종벽에 부딪쳐

눈부시게 동그랗게 오물거렸다.

가족이 있는 골목은 긍정이다.

추억이라는 이미지가 살고 있는 따뜻한 마당의 심층수,
추억이라는 이미지의 그 심층수는 한 사람의 삶 구석구석을
점령한다.

가족은 끝없이 팽창한다.

아버지는 또 아버지를 낳고 그 아버지는 또 그 아버지를
낳으며……

그러므로

가족은 중심의 발산이다. 끊임없는 상승이다. 역사이며
희망이다.

그 집
― J를 추억함

그 집은 아마 우리를 기억하지 못하겠지
신혼 시절 제일 처음 얻었던 언덕배기 집
빛을 찾아 우리는 기어오르곤 했어

손에는 무거운 가방을 들고
나는 두드렸어
그러면 문은 대답하곤 했지
삐꺽 삐꺽 삐꺽
세상에서 가장 빛나는 빛이 거기서 솟아나고 있었어,
　싱크대 위엔 미처 씻어 주지 못한 그릇들이 쌓여 있었
지만

그 창문도 아마 우리를 기억하지 못할 거야.
싸구려 커튼이 밤낮 출렁거리던 그 집
자기들이 얼마나 멀리 아랫동네를 바라보았는지를
그 자물쇠도 우리를 기억하지 못할 거야
자기들이 얼마나 단단히 사랑을 잠글 수 있었는가를
그 못 자국도 우리를 기억하지 못할 거야
자기들이 얼마나 무거운 삶의 옷가지들을 거기 걸었었
는지를
어느 날 못의 팔은 부러지고 말았었지

새벽은 천천히 오곤 했어
그러나 가장 따뜻한 등불을 들고
그대를 기다리곤 하던 그 나무 계단을 잊을 순 없어
가장 깊이 숨어 빛을 뿜던 그 어둠을 잊을 순 없어

아, 그 벽도 우리를 기억하지 못하겠지
저녁이면 기대 앉아 커피를 들던
그 따스한 벽
순간도 영원인 환상의 거미 날아오르던 곳
자기가 얼마나 튼튼했는지를
사랑의 잠 같았는지를

그 집은 나와 J를 열아홉 평의 분홍 꽃무늬 벽 속에 품어
주었다.

'품는다'는 것이야말로 모든 집의 출발점이다. 거기서부
터 사람들은 자기들이 어느 곳에선가 보호받고 있음을 느낀
다. 그 안온함은 마치 생명이 품어지는 자궁 같다고나 할는
지…… 그때 거기선 그랬었다. 돌투성이 언덕 높은 곳에 있
었던, 좁고, 남루한, 값싼 비닐 커튼이 펄럭이던 곳.

나무가 말하였네

나무가 말하였네

나의 이 껍질은 빗방울이 앉게 하기 위해서
나의 이 껍질은 햇빛이 찾아오게 하기 위해서
나의 이 껍질은 구름이 앉게 하기 위해서
나의 이 껍질은 안개의 휘젓는 팔에
어쩌다 닿기 위해서
나의 이 껍질은 당신이 기대게 하기 위해서
당신 옆 하늘의
푸르고 늘씬한 허리를 위해서.

깊이 닿으면 닿을수록 환해지는 그 나무의 육체성.

ㄱ씨와 ㅈ양이

ㄱ씨와 ㅈ양이 만났습니다
사과탄 노란 꽃처럼 날리는 길 위에서

ㄱ씨의 이마가 ㅈ양의 이마를 보았습니다
ㅈ양의 이마가 ㄱ씨의 이마를 보았습니다

ㅈ양의 어깨가 ㄱ씨의 어깨에 부딪혔습니다
ㄱ씨의 어깨가 ㅈ양의 어깨에 부딪혔습니다

ㄱ씨의 등뼈가 ㅈ양의 등뼈처럼 아팠습니다
ㅈ양의 등뼈가 ㄱ씨의 등뼈처럼 아팠습니다

ㄱ씨는 ㅈ양을 몰라보았지만
ㅈ양은 ㄱ씨를 몰라보았지만

ㄱ씨와 ㅈ양이 만났습니다
사과탄 노란 꽃비 되어 출렁대는 길 위에서

개인은 역사인가,
존재는 역사의 연결인가,

그보다

개인은 무의미인가,
역사는 무의미의 부질없는 연결인가.

　그날, 캠퍼스에 무차별적으로 날아들던 '사과탄'을 생각
한다. 향기로움. 혁명과 같은 단어들의 동질성을 생각한다.
사과의 향기와 최루탄催淚彈의 연결을.

엘리베이터 속의 꽃잎 한 장

엘리베이터를 타니 어디서 묻어 온 것인지 꽃잎 한 장
이 떨어져 있었다. 잔뜩 가슴을 오므리고 파리한 주홍색
얼굴로 떨고 있었다. 엘리베이터의 단추를 눌렀다. 투덜
대는 낮은 기침 소리. 우리는 상승했다. 상승, 상승……
엘리베이터의 문이 열렸다. 바람이 휙— 하고 불어 들
어오면서 꽃잎 한 장을 싣고 갔다. 나는 거기 놔둔 채,
닳고 닳은 내 마음 자리 거기 벽 속에 가둬 둔 채.

그 여자가 눈을 뜬다. 이미지 하나가 걸어온다. 그 여자가
일어선다. 이미지 둘이 걸어온다. 그 여자가 다시 일어선다.
이미지 셋이 걸어온다…… 아직 저녁은 오지 않았다. 이미
지 넷이 걸어온다. 상승, 상승, 이미지 다섯이 걸어온다……
이미지 여섯, 곁에 이미지 일곱, 바람이 자꾸 분다. 사방 벽
에서 꽃잎의 비명 소리가 들려온다.

가을의 시

나뭇가지 사이로
잎들이 떠나가네
그림자 하나 눕네

길은 멀어
그대에게 가는 길은 너무 멀어

정거장에는 꽃 그림자 하나
네가 나를 지우는 소리
내가 너를 지우는 소리

구름이 따라나서네
구름의 팔에 안겨 웃는
소리 하나,
소리 두울,
소리 세엣,
무한,

길은 멀어
그대에게 가는 길은 너무 멀어

가을이 왔다. 세상의 문들은 슬금슬금 닫히기 시작하고 사람들의 걸음은 조금씩 빨라지기 시작했다. 장롱 속에서는 좀약이 묻은 스웨터들이 꺼내어지기 시작하고 트렁크 밑바닥에서는 두꺼운 내의들이 꺼내어져서는 바람과 햇빛에 쐬어지고 있었다. 아침이면 마당의 국화라든가 살비아 꽃잎의 색깔이 조금씩 변한 채 몇 잎은 땅에 떨어져 누워 있는 것을 보아야 했다.

　가을, 세상에서 가장 긴 편지를 쓰고 싶다.

숲

나무 하나가 흔들린다
나무 하나가 흔들리면
나무 둘도 흔들린다
나무 둘이 흔들리면
나무 셋도 흔들린다

이렇게 이렇게

나무 하나의 꿈은
나무 둘의 꿈
나무 둘의 꿈은
나무 셋의 꿈

나무 하나가 고개를 젓는다
옆에서
나무 둘도 고개를 젓는다
옆에서
나무 셋도 고개를 젓는다

아무도 없다
아무도 없이
나무들이 흔들리고

고개를 젓는다

이렇게 이렇게
함께

숲을 가만히 들여다봅니다.

몇 날 며칠을, 몇 년을…… 그러나 아무리 바라보아도 나무들은 단수單數가 아닙니다.

단수가 아닌 나무의 가지들은 그러나 떨어지는 잎들을 붙들려고도 하지 않고 떨어지는 잎들도 가지를 붙들려고도 않습니다.
저것들에게 추락은 지금 자유를 의미하고 있습니다.
저것들에게 허공은 지금 자유의 집을 의미하고 있습니다.

그러니까 상승, 상승, 추락은 실은 '함께'의 상승입니다.

함께 흔들리는 나무들은 결코 한 바람에, 한 구름에 머물지 않습니다.

숲의 끝에서 나는 중얼거립니다.

그런데 너는 머물고 있구나, 진화進化하라. 혁명하라. 무명無明·無名 시인이여, 너의 나여, 나의 너여, 어서 떠나라, 옛집은 틀이며, 상투성임을. 역사의 정체停滯임을.

벽 속의 편지

― 눈을 맞으며

눈을 맞으며 비로소
눈을 생각하듯이
눈을 밟으며 비로소
길을 생각하듯이

그대를 지나서 비로소
그대를 생각하듯이.

그대는 언제나 '지남'입니다. '지남'의 눈부심입니다. '지남'의 안타까움입니다.

봄날의 끈

어느 봄날 책을 묶던 끈이 말했네, 나만큼 묶어 보았
는가, 나만큼 설레며 세상 것들의 허리들을 묶어 보았는
가, 이 종이들뿐이 아니야, 푸른 파의 허리며, 무의 넓
적한 다리며, ……라면 상자의 그 누렇게 뜬 갈비뼈, 해
태라고 쓴, 글자도 선명하던 과자 상자의 허약하던 뼈,
그대의 가슴을 덮던 이불……그대의 심장을 흔들던 모
래도, 어느 날은 꽃뿌리도, ……동백 꽃뿌리도……나는
꿈꾸었지……그대를 묶을 날을……그대를 묶어 내 허
리에 칭칭 감을 날을……

파도 묶고, 사과도 묶는, 동백 꽃뿌리도 묶는 푸른
끈……내가 그대에게, 시간에게 던지는 이 끈……

책을 묶으며 생각한다, 봄날에.

우리는 얼마나 사소한가.

우리는 아마도 곧 먼지와 싸워야 하리라. 먼지들은 아무리 쓸어 내어도 곧 살 위에, 잠자리 밑에, 마룻바닥 사이로 스며들리라. 그리하여 그것들은 순결한 살 위에 시간의 옷을 입히고 가구들은 면사포를 쓴 신부처럼 얌전히 마멸되어가리라. 먼지와의 전쟁, 그것은 아마도 가장 긴 전쟁이 되리라. 결국 우리는 먼지를, 먼지의 몸부림을 사랑하게 되리라.

바스라지는 모든 페이지와, 역사와, 만리萬里를 묶은 봄날의 끈에게 감사하게 되리라.

운조

운조가 걸어간다/운조가 걸어간다/푸른 지평선 황
토 치마 벌리고/한 모랭이 지나 화살표 사이로/두
모랭이 지나 화살표 사이로/운조가 걸어간다, 마음
떨며 운조가 걸어간다

네가 떠난 후에
너를 얻었다
지붕들은 떨림을 멈추고
어둠에 익숙한 하늘은
밥풀 같은 별 몇 개 입술에 묻혔다

심장을 늘이고 있는 빨랫줄들
비스듬히 눈물짓고 있는 나무들
동그란 눈 치켜뜨고 있는 창문들

작은 집들은 타달타달 달리고
담벼락의 두 팔은 지나가는 풍경들을 부끄럽게 부끄
럽게
안았다, 비애는 타달거리는 작은 의자

저 집 속으로 나는 들어가야 하리

어둠을 몸에 잔뜩 칠하고
야단맞은 아이처럼 떨며 서 있는
비애를 안아 주어야 하리

물안개들도 일찍 눈뜬 날
네가 떠난 후에
너를 얻은 날

운조가 걸어간다/운조가 걸어간다/푸른 지평선 황
토 치마 벌리고/한 모랭이 지나 비애 사이로/두 모
랭이 지나 매혹 사이로/운조가 걸어간다, 마음 떨며
운조가 걸어간다

늘 기도와 이미지 사이에서 출렁이는 나의 언어,

변태 → 포옹 →→ 무한궁륭無限穹隆을 향하여 달리는 나
의 언어, 언제나 탈코드의 생산인 나의 시 언어들,

그 언어들의 끝에서 태어난 나의 시詩 식구, 운조. 그 여자
의 비애와 매혹.

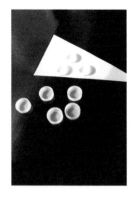

4부

아직도 못 가 본 곳이 있다

청계폭포

나 늙고 늙었다
흰 머리칼 시간의 장대에 매달려 깃발처럼 펄럭인다
쭈글거리는 살은 어둠의 장식 같은 것
혀는 꿈꾸고 꿈꾼다
돌의 날개밭을
지층들이 부활의 동굴로 걸어 들어가는 것을
어느 밤엔가는 천둥소리 흩날리며
번개의 은빛 장대 휘두르리

나 늙고 늙었으나
네가 껴입은 내 눈썹 도도히 흐르는,
부활의 동굴에서 그가 일어서는 것처럼
그렇게 일어서리
장대하게 장대하게 펄럭이리

깃발을 들고 장대히 나오는, 라자로의 부활의 모습을 그
린 프란체스코 성당의 벽화,

그는 내가 된다.

어둠의 유혹을 통해서만 밝음은 시작된다. 어둠은 밝다.
어둠의 끝에서 모든 바람은 형체가 없으나 형체가 있다.
늘 극락의 맑은 산, 청계산으로 가기 때문이다.

어둠의 형식은 밝음을 향한 꿈의 형식이다.
청계폭포를 지나온 한 편의 시는 어둠 속에 있는 태아에
게 문을 열어 주며 꽃다발을 바친다.

그는 나이다.
청계폭포를 건너는 자이다.
신은, 노래는 청계폭포를 건너는 자에게만 온다.

당고마기고모네 싱크대

산으로 가자 하니 바람겨워 못 가겠소
골길로 가자 하니 심겨워 못 가겠소

거기엔 늘 심연이 있었다, 우리가 닿지 못할, 두레박을 내리지도 못할, 그런 벼랑이 떠억하니, 당고마기고모와 나는 숨을 멈췄다,

신발에 걸리는 은수저,
꽃 그림 그려진 삼각접시,
수돗물은 콸콸 쏟아지고
운명처럼 쏟아지고.
기우뚱기웃뚱 걸어오는 은냄비,
수천의 고무장갑 꽃잎처럼 새벽 바다를 떠가는,

어둠이 심장에 구멍을 냈다,

엄마아, 아빠아…… 소리치고 소리쳐도 우리의 소리는 벽을 넘지 못했다,

* * *

우리는 모두 누군가의 심장에 구멍을 냈다,

174

산으로 가자 하니 바람겨워 못 가겠소

골길로 가자 하니 심겨워 못 가겠소

사각지대를 써라.

피의 깃털 소리를 날려라.

사각지대에서 무언가, 너만이 본 것을 끄집어내어라.

사각지대에서부터 너의 흐르는 '비밀통신'을 시작하라.

사랑의 비밀회로에 들어가라.

당고마기(딩금애기)는 영원히 사각지대다.

'싱크대'도 끊임없이 사각지대다.

자장면

시멘트 바닥에 무릎을 기역 자로 꿇고, 가장자리에 검붉은 피 칠을 한, 널브러져 있는 자장면 그릇들(검붉은 자장면이 남아 있기도 하고 먹다가 만 듯 휘저어져 있어 자장면이 부은 것 같기도 한)을 은빛 통에 담는 남자의 구부정한 모습, 그는 이 시대의 성자가 분명하다, 무릎을 어떤 수도사들보다 진지하게 꿇고 있다, 게다가 곤색 잠바를 수도복처럼 수그리고 있고, 그 위로 수도의 눈물처럼 방울방울 빗방울이 굴러 내리고 있다. 그는 기도하고 있다.

기도의 소리 울리는 이곳 시멘트의 성소. 이제 그는 그리스도처럼 두 팔을 벌리고 은빛 '철가방'을 등에 지고 골고다 언덕으로 나아갈 것이다. 오토바이를 타고 아름다운 금발, 등 뒤로 펄럭이며, 항상 뒷모습만 보여 줄 것이다. 비 내리는 갈릴리 호숫가에서 뇌성처럼 경적 소리도 요란한 이 시대를 먹여 살릴 것이다. 아, 하늘을 나는飛 자장면 한 그릇, 부활할 것이다. 부활할 것이다. 자장면 한 그릇.

이 시대의 신, 고독이다.
이 시대의 기도문은 고독의 기도문이다.

죽도록 고독하여라. 고독이 너의 밥이 되고, 고독이 네 살
이 되게 하여라. 네 주머니에 고독이 가득하게 하여라.
고독이 신이 되어 날게 하여라.
이 시대의 성소聖所들인 빌라들 위로, 아파트들 위로.

빈자일기

― 구걸하는 한 여자를 위한 노래

모든 존재는 홀로 사라질 수 없다.
함께 연락함으로써 비로소 존재는 이루어지고,
드디어 깊이 사라진다.

우리는 언제나 거기서 머리를 조아리고 있었다. 혀와 혀를 불붙게 하며 눈물로 빛과 빛을 싸우게 하며 다정多情한 고름 고름 속에 오래 서 있는 허리를 무너지게 하며, 황사黃沙 날아가는 무덤 가장자리에서.

그곳 천장은 불붙은 태양이었고 바닥은 썩은 이빨의 늪이었다. 싸우는 이마 갈피로 등뼈 갈피 갈피로 언제나 종鍾이 울렸다 식사시간을 알리는 종이. 언제나 종이 울렸다 황혼黃昏을 알리는 종이. 언제나 종이 울렸다 임종臨終을 알리는 종이. 그러나 시간時間은 언제나 그보다 먼저 흘러갔다. 늪은 손목 눈짓 사이에서, 번쩍이는 번쩍이는 허리띠, 황금黃金 돛대들 사이에서 흘러가고 돌아오지 않았다.

그래 돌아오지 않았다. 누군가 굳은 피 한 점 던질 때까지, 누군가 쓸데없는 제 죽음 하나 내버릴 때까지, 우리가 헌 그 죽음 입고 검은 종소리 한 겹 듣지 않을 때까지.

아아 돌아오지 말라 사랑하라, 그대 아버지가 그대에게 앵기는 독毒, 그대 나라가 그대에게 먹이는 독, 물의 독, 공기空氣의 독, 흙의 독.

다만 우리는 머리를 조아리고 있었다 여기서. 한 고름에 다른 고름을 접붙이며 즐겁게 즐겁게, 할 일은 그뿐, 구걸求乞하고 시들어 구걸하는 일 뿐, 그러므로 결코 일어서지 않았다, 잠들지도 않은 채.

지하철이 멈추고 스르르 열리는 자동문으로부터 한 떼의
사람들이 미끄러지듯 떨어져 내린다. 어떤 이는 짐짓 구겨
진 옷깃을 펴는 체하면서, 어떤 이는 어디선가 밟혀 버린 구
두 끝을 걱정하면서, 어떤 이는 좀 더 먼 곳을 바라보면서,
어떤 이는 안경을 치켜올리면서 혹은 잡동사니의 보따리를
열렬히 끌어안은 채.
　이 거리에 살고 있는 사람들은, 특히 여자들은 모두가 떠
나고, 달리고, 내린다는 사실에 오랫동안 익숙해진 사람들
이다. 이 지하철은 언제나 일정한 노선을 기어가듯 가고 있
다는 것, 몇 미터마다 섰다가는 다시 떠날 것이라는 것, 영
원히 멈출 수도, 영원히 달릴 수도 없다는 것, 그런 사실들
을 깊이 인식한 사람들이다.

약간의 체념, 약간의 순종, 약간의 희망이 인생에는 좋은 처방이라는 것을, 수락 또는 중용中庸만이 가장 높은 도덕률이라는 것을 갓난아기일 때부터 조금씩 체득해 온 이들인 것이다.

　나는 길을 걷는다. 인파 속에서 나는 '나'가 아니라 '누군가'가 되고, '어떤 여자'가 될 것이다. 나는 곧 그런 인간대명사에 조금치의 반항도 하지 않을 것이다. 이 아름다운 고통의 길 한 켠에서 다른 거리에 이르는 모든 아름다운 흙 사이에서, 빛나는 유리의 빌딩 몸매에 새삼 감탄하면서 나의 흔적을 남기는 것이다. 나의 시간을 꽃가루처럼 뿌리는 것이다.

봄 · 기차

봄이 오면 기차를 탈 것이다
꽃 그림 그려진 분홍색 나무 의자에 앉을 것이다
워워워, 바람을 몰 것이다

매화나무 연분홍 꽃이 핀 마을에 닿으면
기차에서 내려
산수유 노란 꽃잎 하늘을 받쳐들고 있는 마을에 닿으면
또 기차에서 내려
진달래빛 바람이 불면
또 또 기차에서 내려

봄이 오면 오랜 당신과 함께 기차를 탈 것이다
들불 비치는 책 한 권 들고
내가 화안히 비치는 연못 한 페이지 열어젖히며

봄이 오면 여기여기 봄이 오면
너의 따 – 뜻한 무릎에 나를 맞대고
세상에서 가장 부드러운 여행을 떠날 것이다

은난초 흰 꽃 커튼이 나풀대는 창가에 앉아
광야로 광야로
떠날 것이다, 푸른 목덜미 극락조처럼 빛내며

그 여자는 오늘 밤에도 '꿈'을 꿈꾼다. 봄 위에 서서, 가을 위에 서서, 모든 시간 위에 서서.

'그 꿈판'엔 무언가 있으리라.

'그 꿈판'엔 빛나는 광야가 있으리라. 내가 결코 닿지 못하는 빛나는 광야.

'그 꿈판'엔 '끝까지 남아 있는 빛 하나가' 있으리라.
그 '빛'은 존재에 닿는 것이리라. 너를 향해 가볍게 가볍게 날아오르는 것이리라.

'부서지면서 우리는 언제나*
가장 긴 그림자를 남기리라.'

* 필자의 시, 「자전 1」 참조.

희명*

희명아, 오늘 저녁엔 우리 함께 기도하자
너는 다섯 살 아들을 위해
아들의 감은 눈을 위해
나는 보지 않기 위해
산 넘어 멀어져 간 이의 등을 더 이상 바라보지 않기
위해
워어이 워어이
나뭇잎마다 기도문을 써 붙이고
희명아 저 노을 앞에서 우리 함께 기도하자
종잇장 같아지는 흰 별들이 떴다
우리의 기도문을 실어 갈 바람도 부는구나
세월의 눈썹처럼 서걱서걱 흩날리는 그 마당의 나뭇
잎 소리
희명아, 오늘 밤엔 우리 함께 기도하자
나뭇잎마다 기도문을 써 붙이자
워어이 워어이
서걱서걱 흩날리는 그 마당의 나뭇잎 소리

* 『삼국유사』 참조.

186

시를 쓰는 이여, 장미의 변신에 장미 가시의 변신을 얹어 주어라. 그리하여 현재를 획득하여라. '단말마의 비명' 또는 '비명의 중얼거림'이 아닌, '욕망에 찬 성찰'에 결코 숨지 않는 변신의 층위를, 현재를. 언어의, 이미지의.

이미지의 화살은 활을 떠나는 순간, 팽팽한 허공의 긴장 속에서 대상에 꽂힐 것이다. 우리는 화살을 쏘는 사람을 모른다. 아마 그는 그 순간 시인일 것이다.

그 여자는 오늘도 길을 떠난다. 변신의 은유를 꿈꾸며.

그 여자가 삼국유사의 희명이 되는 꿈을 꾸며

또는

절간 마당에 서 있는 희명이 그 여자가 되는 꿈을 꾸며

희명의 기도가 그 여자의 기도가 되는 잠 속을 가며.

붉은 저녁 너의 무덤가

귀뚜라미 한 마리 걸어오네
너풀거리는 두 개의 더듬이
등에 찰싹 붙어버린
두 개의 날개

붙잡고 붙잡네
놓아주지 않네

사랑의 비늘 하나

시를 읽는다는 것은 누군가의 비밀에 나의 비밀을 기대게
하는 일입니다.

그 비밀은 읽는 이와 쓰는 이를 연결시켜 주며, 그 순간
한 편의 시는 완성되는 것입니다.

당신의 비밀이 나의 비밀에 어깨를 기대기 전에는 나의
시는 보석이 되기 전의 원석, 즉 빛날 줄 모르는 돌에 불과
했습니다.

당신이 읽음으로써 나의 언어는 비로소 빛나기 시작한 것
입니다.

시를 읽는 당신의 창에 당신의 비밀과 나의 비밀이 어깨
를 기댄 채 따뜻이 비쳐지기를……

오래오래 속삭이기를…….

이 시는 연애시지만, 애인은 아직 오지 않았습니다. 그러
나 오지 않았기에 그는 나의 애인입니다.

아직도 아, 아직도 숨어 있기에, 닿을 수 없기에, 언제나
닿고픈 수평선인 당신. 아직 밝지 않은 어둠이기에 애인인
당신, 서른 살 때도 애인이었고, 지금 일흔이 넘어서도 애인
인 당신, 어느 날 손에 넣어지기도 하지만 그래도 끊임없이
멀리 있는 당신, 멀리 있기에 매력투성이인 당신.

이 세상의 시간은

이 세상의 시간은 네가 설거지를 하는 시간과, 네가 비질을 하는 시간과, 네가 라면을 먹는 시간과, 네가 단추를 만지작거리는 시간과, 네가 신발끈을 매는 시간과, 네가 달빛을 바라보는 시간과, 네가 노동하는 시간과, 감자가 익어 가는 시간과, 네가 복종하는 시간과 꿈꾸는 시간과,

네가 현관문을 여는 시간과 신문을 집어 드는 시간의, 네 불화의 시간과 화해의 시간의, 네 우연에 업히는 시간과 필연에 접속하는 시간의, 네가 피자를 배달하는 시간과 세무회계 사무실의 책상에 앉아 있는 시간의, 네가 엘리베이터 혹은 에스컬레이터를 타는 시간과 스르르 자동문을 지나가는 시간의,

네가 똑각똑각 편지를 쓰는 시간과 울며불며 일기를 쓰는 시간과 헐레벌떡 성명서를 쓰는 시간과—의, 혹은 네가 바느질을 하는 시간과 스마트폰을 들여다보는 시간과 이메일을 확인하는 시간과—의, 네 이별의 시간과 만남의 시간과—의, 네 출발의 시간과 도착의 시간과—의,

아야아

190

사랑하는 네 눈물을 껴안고 껴안는 시간과의 합슴

문학은 소외이며, 유폐임을, 단절임을, 외면이 아니라, 내면임을, 아니다, 내면과 외면의 통일임을, 내면과 외면의 창자들임을, 내가 가진 척추, 내가 가진 실핏줄, 내가 가진 어둠들…… 기타, 기타.

운조의 현絃

— 셋째 노래: 연꽃 미용실

여기는 지평선의 끝/저녁이면 등불들 하나씩 켜지
는 곳/기도처럼 고개 숙이고 있는 곳

지하로 내려가는 그 계단은 늘 어두웠다. 유리문을 밀
고 들어서니, 빨래 흐르는 소리 펄럭펄럭 들려오고, 컹
컹대는 금이 갈색 꼬리에 비단결 같은 황혼빛 리본을 맨
채 계단 위를 향해 짖어댄다.

천천히 꽃 그림 그려진 커튼 안쪽으로 들어서니 수북
한 머리카락들, 허리를 구부리고 쓸고 있는 옥이 씨, 쉰
이 되도록 시집 못 간 옥이 씨, 늘 구부러진 길처럼 머리
칼들을 구부리고 구부리는 뚱뚱한 옥이 씨, 바닥을 쓸다
말고 앞주머니에서 스마트폰을 꺼내 들여다본다. 부끄
럽게 인사한다. 언제 봐도 웃지 않으면서 웃는 옥이 씨,
땅이 꺼지게 한숨을 쉬며 오지 않는 전화를 만지작거리
는 옥이 씨, 언제나 언제나 만지작거리는 옥이 씨, 한구
석에서 세탁기는 꿈 없는 잠처럼 깊이깊이 돌아가고, 머
리카락도 눈부신 여배우의 사진 옆 황금빛 거울 속으론
커다란 호박 그림자 여무는 소리

이제 다시 올라요, (바리) 당신은 거기 소철나
무 앞에 물 초롱을 들고 서 있군요. (바리 바리)

문 밖으로 올라요, 힘껏 문을 열어요, (바리 바
리 바리), 아, 어머니 어머니

여기는 지평선의 끝/ 저녁이면 등불들 하나씩 켜지
는 곳/ 기도처럼 고개 숙이고 있는 곳

(당신을 사랑하였네, 일출처럼 일몰처럼 사랑하였
네)

지하로 내려가는 그 계단은 늘 어두웠다, 수북한 머리
카락들 길처럼 구불거리는, 황포 돛 높이높이 출렁이는
포구 같은 연꽃 미용실

여기는 지평선의 끝/저녁이면 등불들 하나씩 켜지
는 곳/기도처럼 고개 숙이고 있는 곳

'운조의 현'의 시들은 부분이면서 전체이고자, 전체이면서 부분이고자 하였습니다.

목소리 두서넛이 하나의 현 위에서 춤추는 이미지, 또는 그걸로 만드는 마을 하나 선물받았으면 꿈꾸기도 하고…… '소리심'이 그 마을의 울타리며 기둥 밑을 휘돌아 주었으면 꿈꾸기도 하면서…….

여기서 변추變追·隊는 시작됩니다. 변추는 변주變奏만을 말하는 것이 아닙니다. 그것은 '어떤 곳'의 '추억 풀기', '꿈

풀기' 나아가 변태變態를 말하는 동사입니다.

시인이여, 그대의 꿈, 또는 추억을 간절하게 변태시키십시오. 그대가 지닌 간절성은 아마도 사시私詩의 극점에 서는 극사시極私詩를…… 나아가 초극사시超極私詩를 쓰게 할 것입니다.

그러니까 이 시엔 세 사람이 있습니다. 내 아름다운 소녀 바리와 나의 대리인 운조, 그리고 연꽃 미용실의 그 여자가.

그녀들은 하나의 현絃 위에서 춤추고 있습니다.

아직도 못 가 본 곳이 있다

아직도 못 가 본 곳이 있다
티브이 다큐멘터리로 안 가 본 곳이 없건만
갈수록 갈수록 멀어지기만 하는 못 가 본 곳
언제나 첨 보는,

아직도 못 가 본 곳이 있다
내 집에 있는 그곳
갈수록 갈수록 멀어지기만 하는 못 가 본 곳
언제나 첨 보는,

아직도 못 만져 본 슬픔이 있다
내 뼈에 있는 그곳
만져도 만져도 또 만져지는
언제나 첨 보는,

너는 세상에서 가장 오래된 강
아직도 못다 들은 비명
떠나도 떠나도 남아 있는

그래, 문제는 아직도 어떤 카드를 던지느냐, 하는 것이다. 아침에도, 저녁에도 길을 건너는 순간에도, 식당을 찾는 순간에도, 살아 있는 자들은 하나의 카드를 던지지 않으면 안 된다.

무수한 카드가 우리 앞에 놓여 있다. 그것을 집는 순간 우리를 자기의 희망으로 구속하고, 또는 신세계를 펼쳐 주기 위하여 기다리고 있다.

어떤 카드엔 자유라고 씌어 있고, 어떤 카드엔 속박이라고 씌어 있다.

어떤 카드엔 삶이라고 씌어 있고, 다른 카드엔 죽음이라고 씌어 있다. 어떤 카드엔 반항이라고 씌어 있고, 다른 카드엔 복종이라고 씌어 있다. 어떤 카드엔 일어남이라고 씌어 있고, 다른 카드엔 잠듦이라고 씌어 있다.

그리고 이 모든 카드의 한 면에는 예스라고 씌어 있고, 다른 한 면에는 노라고 씌어 있다.

아직도 어느 곳에도 가지 못했다.

너를 사랑한다

그땐 몰랐다.
빈 의자는 누굴 기다리고 있는 것이라는 것을
의자의 이마가 저렇게 반들반들해진 것을 보게
의자의 다리가 저렇게 흠집 많아진 것을 보게
그땐 그걸 몰랐다
신발들이 저 길을 완성한다는 것을
저 신발의 속가슴을 보게
거무뎅뎅한 그림자 하나 이때껏 거기 쭈그리고 앉아
빛을 기다리고 있는 것을 보게
그땐 몰랐다
사과의 뺨이 저렇게 빨간 것은
바람의 허벅지를 만졌기 때문이라는 것을
꽃 속에 꽃이 있는 줄을 몰랐다
일몰의 새 떼들, 일출의 목덜미를 핥고 있는 줄을
몰랐다.
꽃 밖에 꽃이 있는 줄 알았다
일출의 눈초리는 일몰의 눈초리를 흘기고 있는 줄 알
았다
시계 속에 시간이 있는 줄 알았다
희망 속에 희망이 있는 줄 알았다
아, 그때는 그걸 몰랐다
희망은 절망의 희망인 것을.

절망의 방에서 나간 희망의 어깨 살은
한없이 통통하다는 것을.

너를 사랑한다.

그날 방에는 뿌연 구름의 재 같은 것이 흐르고 있었으며 나는 떠날 차비를 하고 있었다.

그 방을 생각하면 바닷가를 생각지 않을 수 없다.

거기서 해가 지고 있었고 나는 해와 경주하였다. 나의 떠
남을 지는 해가 축복하고 있었다.

사랑받으려 하지 말라, 사랑하라.
그동안 나는 너무 사랑받으려 하였다. 사랑하지 않았다.

별똥별

밤하늘에 긴 금이 갔다
너 때문이다

밤새도록 꿈꾸는

너 때문이다

그렇구나. 적당한 거리距離가 시를, 삶을 살리는구나.
어둠과 어둠의 거리距離
어젯밤 꿈과 오늘밤 꿈과의 거리距離
꿈과 잠의 거리距離.

그 마당의 나무에서 들리다

사방에서 문들이 쾅쾅 닫힌다 눈꺼풀들이 펄럭인다
온 하늘에 쨍그랑거리는 소리들
별과 별들 오늘 밤
서로의 살을 튕기는 소리

아야아

아무도 그대의 가슴녘까지 갈 수 없구나

사십 년 전의 그 마당에 가게 되었다. 그 나무가 그대로 있었다. 사랑과 연민이 함께 얹혀 있던 더 무성해진 잎을 출렁이며.

나무만이 컸구나. 몇십 년 함께한 삶이 그렇게 아무것도 아니었다니…….

어디서 문이 쿵 하고 닫히는 소리. 밤하늘이 다가온다. 새파란 별이 뜬 밤하늘.

그는 유영한다. 한 웅큼 별의 이미지가 되어.

초록 거미의 사랑

초록 거미 한 마리, 지나가는, 강가의 나를 뚫어지게 쳐다보고 있었어. 예쁜, 예쁜, 초록의 배, 허공에 엎드려…… 초록 거미 한 마리, 눈물 글썽이며 나를 뚫어지게 쳐다보고 있었어. 저 잠자리를 보아. 비단 흰 실로 뭉게뭉게 감긴 저 잠자리 한 마리를 보아, 잠자리를 그만 죽여 버렸네.

초록 거미 한 마리, 지나가는, 강가의 나를 뚫어지게 쳐다보고 있었어. 잠자리를 그렇게도 사랑했던 초록 거미 한 마리…… 예쁜, 예쁜, 초록의 배, 허공에 엎드려……

이제 합치리, 없는 날개로 저 거대한 하늘가, 또는 강물 속 어디.

그 강의 풀 섶에는 아름답게 빛나는 초록의 거미가 있었다.

나의 확대경에 포획된 초록 거미.

순간 주변 하늘에서 떠돌던 숨 방울들이 서로 부딪치며
깨지는 폭발음.

아벨서점

아마도 너는 거기서
희푸른 나무 간판에 생生이라는 글자가 발돋움하고
서서 저녁 별빛을 만지는 것을 볼 것이다.

글자 뒤에선 비탈이 빼꼼히 입술을 내밀 것이다
혹은 꿈길이 금빛 머리칼을 팔락일 것이다

잘 안 열리는 문을 두 손으로 밀고 들어서면
헌책들을 밟고 선 문턱이 세상의 온갖 무게를 받아안
고 낑낑거리고 있는 것을 볼 것이다

구불거리는 계단으로 다가서면
눈시울들이 너를 향해 쫏볏쫏볏 내려올 것이다.

그 꼭대기에서 겁에 질린 듯 새하얘진 얼굴로 밑을 내
려다보고 있는 철쭉 한 그루

아마도 너는 그때
사람들이 수첩처럼 조심히 벼랑들을 꺼내 탁자에 얹
는 것을 볼 것이다
꽃잎 밑 다 닳은 의자 위엔 연분홍 그늘들이 웅성이며
내려앉을 것이고,

아, 거길 아는가

꿈길이 벼랑의 속마음에 깃을 대고

가슴이 진자줏빛 오미자차처럼 끓고 있는 그곳을

남몰래 눈시울을 닦는, 너울대는 옷소매들을, 돛들

을, 떠 있는 배들을

배들은 오늘 어딘가 아름다운 항구로 떠날 것이다

등갓이 없는 불구不具의 등불은, 알몸으로 비추려 드는 알
전구는 슬프다. 빛은 알몸이 아니어야 한다. 빛은 많은 덮개
를 거느려야 한다. 덮개를 많이 거느릴수록, 깊이깊이 숨어
있을수록, 그래서 그 어둠의 덮개를 뚫고 빛의 살勿이 삐져
나올수록 그곳에 지어진 집은 너의 눈을 간절함으로 가득
차게 할 것이다. 우윳빛 등불이 켜지는 순간, 네 가슴뼈에는

행복의 눈물이 가득 드리워지게 될 것이다. 그리고 덧문을 닫는 순간, 무지개가 어느 날 갑자기 하늘에 드리워졌다가 사라지듯 그렇게 나타났다가 사라질수록, 사라졌으나 모든 마음에 희뿌연 빛의 베일을 던지며 남아 있을수록, 그 집으로 올라가는 계단은 눈부시리라.

5부

그리운 것은 멀리 있네

그리운 동네

   나는 그리운 동네입니다, 그리운 동네 외딴집이고 누추한 가방이고, 낡고 낡은 구두입니다, 십일월 바람에 떨며 서 있습니다, 가슴에 솟은 단풍나무 한 그루 숨 여닫는,

   일요일이면 그립고 그리운 동네에 사는 그가 찾아옵니다, 지하철을 타고, 지하철에 안겨 미소짓고 있는 젖은 생강 냄새를 두르고, 또는 젖은 마늘 냄새, 젖은 희망 냄새를 피우며,

   그의 속에는 무수한 낭하가 있습니다, 낭하 속에 또 낭하가, 낭하 속에 또 낭하가, 한 문을 열고 들어서면 또 하나의 방이,

   무수한 문을 달고 그가 옵니다,
   그는 무수한 문들의 행진입니다,
   무수한 문이 그의 등에서 열릴 준비를 하고, 그러나 끝내 열리지 않으면서 다가옵니다,
   무수한 문의 높다란 문틀이 되어 그가 옵니다,

   덧문은 또 덧문에 덮여,

영원토록 변방인 그, 또는 영원토록 구원인, 희망인, 항상 너무 늦게 도착하는 그, 경비병 같은 초록빛 모자를 쓰고 옵니다, 초록빛 안경을 휘날리며 옵니다, 희망의 지붕과 함께 옵니다, 초록빛 수염을 휘날리며 옵니다, 나는 희망의 지붕으로 나아갑니다, 초록빛 수염에 송전탑을 세웁니다. 나는 희망의 천장이 됩니다, 희망의 전구에 살짝살짝 어깨를 기대는, 희망의 전깃줄에 살짝살짝 눈시울 적시는,

나는 그립고 그리운 동네의 한 귀퉁이입니다, 희망에 찬, 어머니의 갈색 장롱이고, 희망에 찬, 아버지의 그림자빛 시계이고, 또는 희망에 찬, 할머니의 무지갯빛 망사 커튼입니다, 십일월 바람에 떨며 서 있습니다, 가슴에 솟은 단풍나무 한 그루 숨 여닫는, 영원토록 변방인 또는 영원토록 구원인, 희망인 그 또는 나를 맞는,

쓴다는 것은 끊임없는 절단이다. 사유의 절단, 시간의 절단, 또는 사유의 절단과 그 변주, 시간의 절단과 그 변주.

쓰는 시간, 그것은 끊임없는 절단의 시간 속에 놓여 있다. 절단한 다음 통합하는 시간 속에 놓여 있다.
　절단의 시간은 아름답다. 절단의 시간은 눈부시다. 통합을 꿈꾸는 절단의 시간은 찬란하다.

　죽도록 고독하여라. 고독이 네 밥이 되게 하고, 고독이 네

살이 되게 하여라. 네 주머니에 고독이 가득하게 하여라. 너는 고독하다고 외치지만, 들여다보면 죽도록 고독하지 않다. 너에게는 네가 밟는 흙이 있을 것이고, 네가 마시는 물이 있을 것이고, 아침이면 쳐다보는 네 하늘도 있을 것이다. 고독은 시간처럼, 희망처럼, 하나가 둘이 되는 것이다. 또는 둘이 하나가 되는 것이다.

그곳이 늘 그립다. 작은 로터리, 온몸이 바알갛게 물든 우체통. 희망인 그곳. 그가 오던 그곳의 골목.

아, 이걸 어째?

　화분에 물을 주다가 구석에 삐쭉 솟아 있는 잡초를 뽑
았습니다.
　안 뽑히는 것을 억지로 비틀어 뽑았습니다
　순간 아야아— 하는 잡초의 비명이 들려왔습니다.

　아, 이걸 어째?
　내 손에 피가 묻었습니다.

　아, 이걸 어째?

시, 그가 말한다.

보이지 않는 것을 보이게 하라.
　　　　보이는 것을 보이지 않게 하라.
들리지 않는 것을 들리게 하라.
　　　　들리는 것을 들리지 않게 하라.

너의 언어로써.

어둠이 한 손을 내밀 때

어둠이 한 손을 내밀 때
내 한 손도 따뜻이
그를 잡는다.

어둠이 한 눈을 찡긋할 때
내 한 눈도 기뻐서
찡긋거린다.

사방 문을 쾅쾅 닫고
서랍을 열면
오늘 따라 유난히 반짝이는
내 보석들.

아버지―
하고 부르면
그래―
곧 달려오는 목소리

어둠이 천천히 창가에 설 때
천천히 그 막막한 손 들이밀 때
그이와 나 빛과 함께
이 세상에 또 한 치 두께로

가라앉을 때

저녁이 스러지고 밤이 온다. 어둠은 모든 비어 있는 곳에
서 흘러나와 다른 비어 있는 곳으로 흘러가기 시작한다. 가
만히 있는 공기를 휘젓고, 머리카락을 더욱 검게 물들이고,
곳곳에 침묵의 병정을 풀어 놓으면서, 어둠은 스미지 않는
곳이 없다. ……모든 것을 자기의 무량한 날개로 덮고, 눈
뜨고 있는 것들의 눈초리를 쓰다듬는다. 소리 나는 것들을
잠시 소리 나지 않게 하면서.

배추들에게

비 내리는 장터에 모여 앉은
너희들을 본다.
옹기종기 쓰레기 더미 위에 엎딘
너희들을 본다.

비바람에 푸른 살 찢기우고
목숨 꽃은 언 땅에서도 쫓겨나
오직
탐욕의 비늘 낀 손 기다리는
아아, 너희들
동강 난 뿌리.

너희들은 울고 있다.
파도빛 이파리 허공에 악물어
펄럭펄럭 왼 동리에
눈물 섞어 휘날리며
허리춤엔 낙동강 흙내를
가슴께엔 두만강 솔바람을.

모가지여
이 비탈에도 눈이 오면
한 무더기씩 두 무더기씩

없는 피 쏟아 내릴
모가지여
머리엔 흰 눈이 내려
흰 눈 펄펄펄 엎어져

천지에 흐느낌 피는 지금은
어스름 저녁, 잔별도 돋지 않는……

첨엔 윤곽만 보이다가 A4 용지 위에서 환히 보이는 이미지들, 이미지들의 질서. 이어 달려오는 '영혼동사'들의 질서.

순간과 불멸이 또는 영원이 함께 잠드는 등불 날리는 들판.

찬란한 그 목소리의 순간.

시든 양파를 위한 찬미가

저녁에 양파는 자라납니다
푸른 세포들이 그윽이 등불을 익히고 있습니다
여행에 둘러싸인 창틀들, 웅얼대는 벽들

　　어둠을 횡단하며 양파는 자라납니다
　　그리운 지층을 향하여 움칫움칫
　　사랑하는 고생대를 향하여 갈색 순모 외투를 흔
듭니다

　　　　저녁에 양파는 자라납니다
　　　　움칫움칫 걸어 나오는 싹
　　　　시들며 아이를 낳는
　　　　달빛 아래 그리운 사랑들

애인들이 푸른 까치발로 별을 따는
　한 사내가 이슬진 길을 떠메고 푸른 골목 속으로 사라
지는
　푸른 눈꺼풀들이 창문마다 돛을 서걱이는, 또는 닻을
펄럭이는

묶는 자와 묶이는 자. 무명無名·無明 시인이여, 너는 늘 묶는 자가 되려고만 하는가. 묶는 자여야만 한다고 생각하는가? 아니다. 시를 쓰려는 자는 묶이는 자여야 한다. 속박하는 자가 아니라, 속박되는 자가 되어야 한다. 필연의 시선을 유예할 줄 알아야 한다. 그것에서 벗어나려고 하지 말라. 벗어나는 자가 아니라, 벗어나지 못하는 자가 무명 시인인 것을. 그리하여 시인 중의 시인이 무명 시인인 것을.

벽 속의 편지

― 누군가 집 뒤에서

누군가 집 뒤에서 울고 있네
그 눈물이 현관을 두드려
문을 열어 주네
눈물은 마루로 올라와
이윽고 방으로
내 이불 속에 들어와 눕네

가만가만 물어보네
눈물 한 방울은 너무 큰 것인가
아니면
너무 작은
것인가, 고.

현재적 상상력은 끝없는 미래이다. 끝없는 현재의 미래이다. 또는 미래의 지연遲延⋯⋯.

그렇다. 모든 미래는 늘 현재 속에 숨어 있다.

눈물 한 방울은 눈물 두 방울이다.
일 그램의 눈물은 천 그램, 만 그램 눈물의 총량.

겨울 햇볕

그림자들이 우수수 떨어져 내린다
세상은 그림자들의 이부자리

시는 나에게 소리친다.

너는 다의多義의 공간을 만들어라.
네 시의 외침은 침묵의, 부재와 부재의 경계에 보다 크게
울리리라.

빗방울 하나가 5

무엇인가가 창문을 똑똑 두드린다
놀라서 소리 나는 쪽을 바라본다
빗방울 하나가 서 있다가 쪼르르륵 떨어져 내린다

우리는 언제나 두드리고 싶은 것이 있다
그것이 창이든, 어둠이든
또는 별이든

이런 비의 동화를 읽는다. 그 동화는 이렇게 시작된다.

언제나 비가 내리는 평화로운 마을이 있었다. 마을의 이름은 트로켄이라고 하였다. 지상의 어떤 마을도 그렇게 아름다운 비를 자랑할 수는 없을 정도로 트로켄 마을의 비는 꽃들이 만발한 정원에 흘러내렸고 지붕 위에서는 비의 음악 소리가 그칠 줄 몰랐다. 사람들은 아침에 일어나기만 하면 촉촉한 비에 살을 적시면서 산책을 나갔고, 시장을 보았으며 아이들은 진흙 공차기를 하며 뛰놀았다. 그런데 어느 날, 그러니까 이야기가 시작되는 날, 그날도 마을엔 비가 즐겁게 내렸으므로 사람들은 마냥 흥겹게 광장에 모여 그날의 사건에 대해 토론하고 웃고, 떠들고 즐겼다. 그리고 포근한 빗소리를 들으면서 잠이 들었다. 사건은 그날 밤에 일어났다. 갑자기 폭풍이 불기 시작한 것이다. 번갯불은 어두운 골목을 찢었고 무시무시한 천둥이 집들을 뒤흔들었다. 드디어 아침이 왔을 때 폭풍은 끝나고 마을엔 폭풍보다 더 무서운 정적이 엄습했다. 사람들은 이제 끝장이 온 거라고 겁에 질려 중얼거렸다. 그리고 비는 완전히 그쳐 버렸다. 태양이 하늘에서 사라져 버리듯이 트로켄 마을에서 비가 사라져 버린 것이었다. 일주일이 지나자 마을 사람들은 지치기 시작했다. 거리는 뜨겁게 내리쬐는 햇볕뿐이었다. 땅은 말라서 딱딱해지고 걸으려면 발바닥은 마치 바위에 부딪치는 것처럼 아파서 길을 잘 걸을 수도 없을 지경이었다. 근심에 찬 마을 사람들이 하나둘 광장에 모이기 시작했다. 무엇인가, 이런 불행한 사태에 대해서 대책을 세워야 했기 때문이었다. 약속이라도 한 것처럼 그들은 햇볕을 가리기 위해 우산을 쓰고 있었고 어떤 사람들은 옷을 잔뜩 껴입고 있었다. 그들은 몇 가지 방법을 의논했다. 그 하나는 마을 밖에서 살고 있는 매우 현명한 노인에게 해결책을 물어보는 것이었다. 마을 사람들은 노인에게 어린 두 남매를 보내기로 했다. 그들이 노인에게 도착했을 때 노인은 물구나무를 서고 있었다. 노인은 말했다. 그는 너무 오래 자기의 두 다리를 혹사했으므로 이제 그것을 쉬게 해야겠다고, 특히 '쉬게'를 강조하면서 말했다. 물구나무를 선 채로 밥을 먹고, 얘기를 했다. 어린 두 남매는 마을 사람들에게 그 말을 전했다. 사흘이 지나고 일주일이 지났으나 비는 오지 않았다. 그들은 또다시 회의를 했다. 이번에는 유명한 과학자에게 사자使者를 보내기로 하였다. 과학자는 그거야말로 과학의 힘으로 간단히 해결할 수 있는 일이라고 장담하였다. 그것은 구름에 구멍을 뚫는다는 이론이었다. "비는 구름으로부터 쏟아진다. 그러므로 구름에 구멍을 뚫는다면 비는 기다리지 않아도 쏟아질 것이 아닌가!" 논리 정연한 이론이었다. 그래서 마을 사람들은 대포란 대포를 전부 찾아내어 구름을 향해 쏘기 시작했다. 하지만 이번에도 비는 오지 않았다. 그들은 또다시 회의를 했다. 그다음엔 철학자에게로 사자가 보내졌지만 철학자는 "우린 아무것도 몰라, 선인의 가르침을 받을 뿐이지"라고 대답하며 책만 들여다보았다. 그가 가르쳐 준, 이상한 모자를 쓰는 방법도 비가 오도록 하지는 못했다. 결국 레이먼드와 욜란드 자매가 한 방법을 고안해 냈다. 아무도 몰래 구름에게 편지를 보내는 방법이었다. 그들의 소원이 담긴 그 편지는 풍선에 달아매어져 구름에게로 갈 것이었다. 그 편지엔 단 한 줄, 이렇게만 씌어졌다.

　'정말로 정말로 우린 당신을 사랑해요.'

시詩, 그리고 황금빛 키스

　서류의 빈칸을 채워 나가다가
　변호사는 그 남자의 직업란에 이르러
　무직이라고 썼다
　그 여자는 항의하였다, 그는 무직이 아니라고, 시인이
며 꽤 유명한 민주 운동 단체의 의장이었다고,
　얼굴이 대리석 계단처럼 번들번들하던 변호사는 짐짓
웃었다, '법적으로는 무직이지요, 취미라든가 그런……'
　그 남자는 순간 한쪽 팔 떨어져 나간 문이 되었다
　먼 사막에서 불어오는 황사에 섞여 우둔한 먼지가 되
었다
　아물아물해지는 그들의 젊은 시절
　황금빛 키스
　아물아물해지는 그들의 자유
　황금빛 키스
　이혼 사유서를 다 썼을 때
　변호사는 짐짓 땀을 씹으며
　처음으로 정서적인 말을 던졌다, 한숨과 함께
　'걱정 마세요, 무능 아니 무직은 법적으로 이혼 사유
가 되니까요'
　그들은 요약되었다, 한 장의 이혼장으로
　사유는 그 남자의 무직, 아니 무능.

우리를 기다리지 않는 시간을 우리는 기다린다.

당고마기고모의 구름무늬 블라우스

형제들은 모두 가 버렸죠, 지하철을 타고, 강 너머로

나는 발뒤꿈치를 세우고 유리창 모퉁이로 들여다보았
어요
고모가 마악 블라우스를 벗고 있었어요
브래지어도 하지 않은 젖가슴이 전등 불빛 아래 백색
반지처럼 빛났어요
놀랍게도 고모의 블라우스는 가슴께가 뻥 뚫려 있었
어요
구름무늬들이 제멋대로 떠다녔어요
방 안은 금세 구름무늬들로 가득 찼어요

고모가 그중 한 구름에 올라탔어요
고모의 하얀 젖가슴이 구름무늬로 흔들렸어요
무한천공, 천공무한, 무한천공, 천공무한

가끔 가장 큰 구름무늬가 웃어 대기도 했어요
그럴 때마다 구름무늬의 입술은 천공빛 그늘에
흔들리면서 얼룩얼룩해지곤 했어요

구름무늬 사이로 흐르는 망자亡子들
그림자 부스러기들

휘어지는 길들
끊임없이 흐르는 고모의 속살

　　　고모여/고모여/당고마기 고모여

형제들은 모두 가 버렸죠, 지하철을 타고, 강 너머로
아무도 돌아오지 않는 밤
구름무늬 블라우스만 어둠을 개키는 밤
구름무늬 블라우스를 타고 세계의 하늘 위로 달리는 밤

일상의 공간, 혹은 의미와 지시의 공간이 시적 공간이 되는 순간은 일상의 공간, 의미의 공간이 옷을 입기 시작하는 순간일 것입니다. 시가 일어서게 될 때 거기 이미지와 일상의 공간 사이에는 묘한 변화의 기운이 감지됩니다. 이미지에 날개가 달리기 시작하는 것입니다. 이미지의 살이 부풀기 시작한다고나 할는지. 날개가 달린 부푼 이미지는 달리

기 시작하는 것입니다. 이미지와 내가 서 있는 공간 사이에
서 '틈'은 커지고 나의 언어도 날개를 달기 시작합니다. 날
개가 달린 이미지는 공간 밖으로, 또는 나의 아주 깊은 곳,
심연을 향하여 날기 시작합니다. 이미지의 공간과 '틈'의 공
간이 동거하기 시작하는 것입니다.

그리운 것은 멀리 있네

그리운 것은 멀리 있네
발자국에서 길을 캐는 이, 아무도 없네, 시를 쓰네

그리운 것은 멀리 있네
눈물 자국에서 눈물을 캐는 이, 아무도 없네, 시를 쓰네

빠른 황혼과 비스듬한 새벽
그토록 많은 입구들, 그토록 많은 출구들 입술을 비
—비네
시간의 비단 입술에 입술을 비—비네

세상의 모든 무덤들이 달려가네
잡풀들이 뒤따라 소리치며 달려가네

그리운 것은 멀리 있네
잠에서 꿈을 캐는 이, 별을 읽는 이
시를 쓰네, 엎드려 시를 쓰네

그 여자는 시를 쓴다. 가장 적당한 거리에 있는 이미지들을 들고.

달려오지도, 달려가지도 않는 거기에 있는 존재들, 적당히 팽창했으며 적당히 증식하는 존재들을 들고.

시, 눈물 자국에서 눈물을 캐는 그것.

물길의 소리

그는 물소리는 물이 내는 소리가 아니라고 설명한다. 그렇군, 물소리는 물이 돌에 부딪히는 소리, 물이 바위를 넘어가는 소리, 물이 바람에 항거하는 소리, 물이 바삐 바삐 은빛 달을 앉히는 소리, 물이 은빛 별의 허리를 쓰다듬는 소리, 물이 소나무의 뿌리를 매만지는 소리…… 물이 햇살을 핥는 소리, 핥아 대며 반짝이는 소리, 물이 길을 찾아가는 소리……

가만히 눈을 감고 귀에 손을 대고 있으면 들린다, 물끼리 몸을 비비는 소리가, 물끼리 가슴을 흔들며 비비는 소리가, 몸이 젖는 것도 모르고 뛰어오르는 물고기들의 비늘 비비는 소리가……

심장에서 심장으로 길을 이루어 흐르는 소리가, 물길의 소리가.

가끔 이런 물소리를 들을 때가 있다. 범어사 계곡 옆 오솔
길을 걸어갈 때도 그렇다. 물은 결코 혼자 흐르지 않는다.
여럿이 어깨동무하며 흐른다. 정말 부러운 물소리이다.

운조의, 현絃을 위한 바르

— 열한 번째 가락: 뒤꼍

뒤꼍
에 서서
이 세상에서 가장 아름답고—기인 그늘 소리를 듣습
니다

젓가락 부딪는 소리
밥알 뜸 드는 소리
밥알 사이로 비집고 들어서는 기임—그늘 소리

또는

너의 핑크빛 수움 —그늘 소리

너는 시간의 기인 그늘이다. 모든 햇빛이 쉬러 오는 눈부신 쉼터.

가고 가도 끝이 없는 시간의 노래 들리는, 시간의 소리 그늘.

나의 소리 그늘, 너.
너의 소리 그늘, 나.

찻집, '1968년 가을'

그 소읍의 서쪽 끝에 한 자그만 찻집이 있습니다.
'1968년 가을'

눈시울 빨갛게 입구를 적시고 있는 우체통을 지나면,
안개가 스며든 듯 허리가 부은 채 살그머니 열리는 문,
상앗빛 탁자들, 잔디가 잘 보이는, 길게 누운 좁은 창,
천천히 살빛 안개 가득 돌아다니는 안으로 들어서면, 안
갯속에 이름들이 껌벅껌벅 잠들고 있습니다. 창 밑 한
켠에선 고모가, 당고마기고모가 뒤축이 갈라진 꽃고무
신을 꿰매고 있네요, 그 한쪽 옆엔 염주 알이 가득 모여
앉아 있구요, '염주 줄이 끊어졌어요, 그런데 마땅한 질
긴 실이 없군요, 이 실로라도……' 고모는, 당고마기고
모는 호호 웃습니다, 염주를 실에 꿰는 고모, 당고마기
고모, 고모의 옆얼굴, 여신 같네요, 아야아 여신이네,
이름들, 하나씩 눈뜨는 이름들,

고모, 당고마기고모가 일어섰습니다, 그 여자의 푸른
옷소매 살빛 안개 위에 비스듬히 걸터앉습니다, 염주
알, 그 옆에 비스듬히 걸터앉습니다, 뒤축이 갈라진 꽃
고무신, 그 옆에 비스듬히 걸터앉습니다, 몸이 무거워진
안개, 안개를 낳는 안개의 어미 살빛 안개, 공중에는 뵈
지 않는 인적人迹들이 가득 흘러내립니다,

이름들이 안개 밖으로 뛰어갑니다. 꽃고무신 옆에 있던 큰길도 일어서 뛰어갑니다, 담벼락에 달린, 잘 닳아진 이름들도 화들짝 일어서 뛰어갑니다, 고개를 주억거리는 이름, 눈물 앞에 걸린 이름, 아야아 천도天道 앞에 걸린 이름,

그 소읍의 서쪽 끝 찻집, '1968년 가을'

시는 아무래도 기도이며 노래이다. 범어梵魚, 범패어산梵唄魚山, 현재의 노래이면서 과거의 노래, 그리고 없는 미래의 노래이다.

기도하는 당고마기고모 곁에서 차를 마신다. 가을날, 그곳 찻집 '1968년 가을' 나풀거리는 레이스 커튼 앞, 햇빛 가지런한 장독들을 내다보며.

망와望瓦

한 어둠은 엎드려 있고
한 어둠은 그 옆에 엉거주춤 서 있다
언제 두 어둠이 한데 마주 보며 앉을까
또는 한데 허리를 얹을까

'만리 밖에서 기다리는'* 시여

기다리기만 하는, 기다리기만 하는

다층의
시—몸이여

* 필자의 시 '우리가 물이 되어' 참조

빗방울 하나가 1

빗방울 하나가
창틀에 터억
걸터앉는다

잠시

나의 집이
휘청— 한다

나는 '비알'을 바라보지 않을 수 없다. 그것이 언제나처럼 부질없이 사라지기 위하여, 또는 스밀 수 있는 한 무엇엔가 스미기 위하여 이곳에 도착하는 것을 망연히 바라보지 않을 수 없다. 마치 소리 없는 어느 곳의 죽음처럼, 지금도 수없이 이루어지고 있을 지구 위의 사랑의 무저항의 종말처럼, 뜻 없이 뜻 없이 창에 맺히는 비알들, 얌전한 살갗들마다 소름이 돋아 오르게 하고 그 축축한 냄새로 기억을 흐리게 하는 비알들.

한 방울의 '비알'은 우주이다.

봉투

어느 날 나는 그걸 발견하였지

당신이 버리고 간 시는 총 다섯 편이더군

그때 눈이 왔었는지, 만년필로 쓴 시가 눈물방울에 얼
룩져 있었어

80년대, 유신독재시절에 쓰여진 거였어

떠돌아다니면서 언제 그런 시를 썼는지, 거기엔 당신
동생의 이야기도 있었어

체불임금을 받으러 전국을 쏘다니다 자살해 버린 당
신의 동생

그렇게 그리워하던 꿈이

은백색으로 빛나며 목에 감기어

이젠 금빛으로 누래진 어떤 문학잡지 골짝 깊이 누워
있었어, '진보연합'이라고 쓴, 귀퉁이가 닳을 대로 닳은
봉투에 소중히 담겨서

꿈은 담기는 것, 영원의 봉투에 소복히 소복히 눈송이
또는 눈물 송이로 담기는 것.

히죽히죽 웃는, 귀퉁이가 다 닳은. 살빛도 흉하게 변해 버린, 오래된 봉투 하나.

당고마기고모의 대바늘

당고마기고모가 계단에 혼자 앉아 뜨개질을 하네, 빨간 꽈배기 모자도 짜고, 에코 가방도 짜고, 목이 긴 양말도 짜고, 아기 보닛도 짜고…… 가끔 대바늘이 계단 옆 반쯤 열린 창으로 뛰어내리는 때도 있었네, 그럴 땐 고모도 대바늘을 따라 뛰어내리곤 했네, 새벽녘이면 꽃밭 가에 별빛 대바늘이 가득했네, 화살촉처럼, 심장촉처럼 또다시 중얼거린다.

시로 하여금

귀로 보아라.

소리 없이 소리치게 하라.

당고마기고모, 모자 가게에 가다

거기엔 문이 없었대 모자뿐이었대 거기엔 길이 없었
대 모자뿐이었대 고모는 넘어지고 말았대 일어설 길도
없었대 모자뿐이었대 비로드―가화假花 달린,

아, 저런

고모의 집을 나오니 안개가 막막했다. 모자 하나가
급히 쫓아나와 나의 머리둘레를 재기 시작했다.

이상한 모자 가게였다. 마땅한 계단도 없는, 마땅한 길도 없는, 물론 문도 없는, 겨우 찾아낸, 한구석에 박혀 있는 엘리베이터는 너무 낡아서 덜컹덜컹거리던, 그러나 어느 순간, 프랑스풍의 귀족적인 비로드 장식의 모자들이 불쑥 나서서 나를 막아서던, 리얼 – 모더니즘의 가게, 시도 그렇지, 리얼 – 모더니즘이지.

꽃을 끌고

초판 1쇄 인쇄 2022년 8월 29일
초판 1쇄 발행 2022년 9월 16일

지은이 강은교
펴낸이 정중모
펴낸곳 열림원

기획 · 편집 · **Art Director** | Min, Byoung-il
진행 서경진 편집 김정현 디자인 강희철

등록 1980년 5월 19일(제406-2000-000204호)
주소 경기도 파주시 회동길 152
전화 031-955-0700 | 팩스 031-955-0661
홈페이지 www.yolimwon.com | 이메일 editor@yolimwon.com

ISBN 979-11-7040-112-4 03810